ESOTERISCHES
WISSEN

Tae Yun Kim

Der Weg der Kriegerin

Die Lehre der koreanischen Meisterin

Deutsche Erstausgabe

WILHELM HEYNE VERLAG

HEYNE ESOTERISCHES WISSEN
Herausgegeben von Michael Görden
08/9690

Aus dem amerikanischen Englisch
übertragen von Marita Böhm.
Titel der Originalausgabe:
SEVEN STEPS TO INNER POWER

Umwelthinweis:
Dieses Buch wurde auf chlor-
und säurefreiem Papier gedruckt.

Erschienen bei New World Library, San Rafael, California
Copyright © 1991 by Grandmaster Tae Yun Kim
Copyright © der deutschen Ausgabe by
Wilhelm Heyne Verlag GmbH & Co. KG, München
Printed in Germany 1996
Umschlaggestaltung: Atelier Adolf Bachmann, Reischach
Satz: MPM, Wasserburg
Druck und Verarbeitung: Ebner Ulm

ISBN 3-453-10989-9

*Ein Grashalm biegt sich im Wind,
bricht Gestein
von innen auf.*

Inhalt

Vorwort 9

KAPITEL 1 IHR STILLER MEISTER 15
Die Frage ... Wer bin ich? 17
Die Antwort ... Sechs Bilder des Stillen Meisters 19

Sechs Bilder des Stillen Meisters
BILD I   Sie sind einzigartig 22
BILD II Sie sind eins mit der Lebenskraft 23
BILD III Sie erschaffen mit Ihren Gedanken
         die Wirklichkeit 24
BILD IV Sie sind schöpferische Energie 25
BILD V   Sie haben die Kraft, Ihre Träume zu
         verwirklichen 26
BILD VI Sie sind vollkommen, im Frieden
         und erfüllt 27
Die Verwirrung 29
Die Lösung 32

KAPITEL 2 DIE SUCHE NACH IHREM
           STILLEN MEISTER 35
Erschließen Sie Ihre Kraft 37
Wie das Gesetz der Manifestation bekundet wird 38
Fünf Prinzipien der Geisteshaltung 41

KAPITEL 3 DIE DREI WERKZEUGE DES JUNG SUWON-KRIEGERS 73

1. Gleichgewicht 75
2. Bewußtheit 83
3. Visualisierung 86

KAPITEL 4 DAS EINSWERDEN MIT IHREM STILLEN MEISTER 93

Sieben Stufen zur Inneren Kraft 95

KAPITEL 5 IHR STILLER MEISTER IN AKTION .. 115

Körpertraining ist Lebenstrainig 117

KAPITEL 6 MEDITATION 129

Das Gespräch mit Ihrem Stillen Meister 131

NACHWORT 139

DANKSAGUNGEN 141

ÜBER DIE AUTORIN 143

Vorwort

Betrachten Sie einen Augenblick lang Ihre Hand und diese weiche Haut. Stellen Sie sich die Knochen und Bänder in ihr vor. Machen Sie sich die Geschicklichkeit Ihrer Finger bewußt, die Sie so oft als selbstverständlich hinnehmen, wenn Sie sie krümmen und spreizen.

Können Sie sich vorstellen, daß diese Hand durch einen Ziegelstein geht und ihn zerbricht? Können Sie sich vorstellen, daß sie zehn aufeinandergestapelte Ziegelsteine zerschlägt? Vielleicht glauben Sie, daß Ihnen und jedem anderen so etwas unmöglich gelingen kann.

Ich versichere Ihnen, daß es nicht unmöglich ist.

Sie könnten einwenden, daß Ihre Hand viel weicher und nicht so hart ist wie ein Ziegelstein. Natürlich ist sie das. Aber ist es nicht Ihr Denken, das Ihre Hand lenkt? Ist es nicht Ihr Denken, das Sie durch Ihr ganzes Leben führt?

Was ich Sie lehren kann, wird Sie befähigen, nicht nur Ziegelsteine zu durchbrechen, sondern sogar die noch härteren Mauern, die Sie daran hindern, Glück und Erfüllung in Ihrem Leben zu finden.

Ich kann Sie lehren, ein wahrer Krieger in den Kampfkünsten zu werden. Vielleicht denken Sie jetzt, daß ich Ihnen beibringen will, aggressiv oder ein Schläger zu sein. Keineswegs. Ist Ihnen schon einmal ein Grashalm aufgefallen, der durch den Zement hindurchwächst, oder ein kleiner Baum, der auf harten Stein wächst? Sehen Sie sich einmal sorgfältig um. Es sind der Zement und der Stein, die nachgeben. Man kann wohl sagen, daß der Grashalm und der kleine Baum aggressiv sind. Aber trifft es nicht eher zu, daß sie einfach nur ihrem Leben treu sind? Sie sind wahre Krieger.

Dieses Verständnis liegt der Kampfkunst Jung SuWon zugrunde. Der Ausdruck bedeutet: »Der Weg, Körper, Geist und Seele in völliger Harmonie zu vereinen.«

Aber um die Ursprünge meiner Lehren und den Grund, warum ich lehre, zu verstehen, ist es wohl erst einmal hilfreich, von einigen Erlebnissen zu erzählen, die mein Leben geprägt haben. Diese Ereignisse vermittelten mir ein Verständnis für das Wissen, das ich jetzt mit Ihnen teilen möchte. Dieses Wissen ist praktisch und nachweisbar.

Man kann durch Menschen und Ereignisse zum Vorteil oder zum Nachteil geprägt werden. Aber Sie allein haben die Macht, diesen Einfluß zu bestimmen, mehr Macht, als Sie sich vorzustellen vermögen. Es spielt keine Rolle, wie ungünstig die Umstände zu sein scheinen. Ich habe herausgefunden, daß die Situation an sich gar nicht so wichtig ist. Viel wichtiger ist es, wie ich mit einer Situation umgehe. Meine frühesten Erinnerungen handeln vom Koreakrieg. Ich war fünf Jahre alt, und ich konnte nicht begreifen, warum überall Bomben einschlugen und warum Menschen versuchten, mir weh zu tun. Ich weiß noch, daß wir Tag und Nacht gelaufen sind, als ich mit meiner Familie auf der Flucht vor den Kommunisten war. Ich konnte nicht verstehen, warum die Welt auf einmal verrückt geworden war. Ich war erst fünf Jahre alt. Warum wollte man mich töten? Meine Spielgefährtin war ein Jahr älter als ich. Ich war so müde, doch sie ermutigte mich unablässig, daß ich mich weiterbewegen solle, daß ich weiterlaufen solle. Sie war nicht weit von mir entfernt und ermutigte mich gerade wieder zum Weiterlaufen, als sie von einer Bombe in Stücke gerissen wurde.

Ich werde wohl nie vergessen, was ich gesehen habe. Es war einer von diesen Augenblicken, die zu schrecklich sind, um wahr zu sein. Dieses Ereignis als eine schlechte Erfahrung zu bezeichnen, wäre eine Untertreibung. Aber selbst in dieser furchtbaren Situation geschah in mir etwas ungewöhnlich Wertvolles. In jenem Augenblick traf ich unbewußt eine Entscheidung, die mein Leben für immer verändern sollte: Ich würde niemals wieder weglaufen. Ich wußte nicht wie und warum, aber ich war überzeugt, daß es einen Weg geben müsse, um all dem mutig gegenüberzutreten.

Zwei Jahre später begann ich, einen Weg zu entdecken. Es war an einem grauen Morgen in der Provinz Kinchom, als ich von einem Schrei geweckt wurde. Der Krieg war seit zwei Jahren vorbei, aber plötzliche Geräusche riefen immer noch unangenehme Erinnerungen wach. Vorsichtig schob ich ein mit Reispapier bespanntes Fenster zurück, und mein unbehagliches Gefühl verschwand, denn was ich sah, bezauberte mich augenblicklich. Es war wunderschön. Im frühmorgendlichen Nebel erspähte ich meine Onkel, die eine uralte Kampfkunst übten. Der Nebel wallte mit ihren fließenden Bewegungen, und ihre Körper glänzten im ersten Licht der Dämmerung. Dieser Anblick berührte ein tiefes, natürliches Gefühl in mir. Meiner Meinung nach gab es nichts anderes, was so geheimnisvoll und doch so natürlich war. Es war der Mühe wert, fand ich mit meinen sieben Jahren. Und es war mehr als der Mühe wert. Es war aufregend. Es war wichtig. Nichts anderes schien so vollkommen zu sein. Ich mußte diese Kunst einfach lernen. Ich hatte keine Ahnung, wie sehr es sich auf mein Leben auswirken würde.

Es ist nicht ungewöhnlich, ein Kind in den Kampfsportarten auszubilden, tatsächlich ist es sogar üblich. Doch als ich meine Onkel darauf ansprach, mich zu unterrichten, wurde meine Bitte mit Gelächter beantwortet. Mein Alter von sieben Jahren war kein Hindernis. Ich hatte das entscheidende Hindernis vergessen, das in meinem Land als unüberwindbar galt.

Ich hatte vergessen, daß ich ein Mädchen war.

Mädchen wurden nicht in den Kampfkünsten unterwiesen.

Mir wurde gesagt, daß es die Aufgabe der Frauen sei, kochen und nähen zu lernen. Warum? Weil das seit Jahrhunderten immer so gewesen war. Nein, es sei töricht, und sie wollten mich nicht unterrichten. Ich sollte mich darauf freuen, erwachsen zu werden, zu heiraten und zwölf Söhne zu bekommen. Aber für mich ergab das alles keinen Sinn. Der Wunsch in meinem Herzen blieb bestehen, so wie meine hartnäckigen Bitten. Schließlich gaben meine Onkel nach, denn sie waren davon überzeugt, daß ich den Sport bestimmt aufgeben würde, sobald ich auf Schwierigkeiten stoßen und blaue Flecken bekommen würde.

Ich übte jeden Morgen, jeden Tag. Das Training war hart, und ich bekam viele blaue Flecken. Aber zu der großen Überraschung meiner Onkel gab ich nicht auf. Und zu ihrer noch größeren Verblüffung machte ich sogar Fortschritte.

Während ich mich im Kampfsport verbesserte, stieß ich auf enorme Schwierigkeiten. Diese Schwierigkeiten hatten nichts mit der Kunst an sich zu tun, sondern es war der Widerstand, dem ich überall bei Leuten begegnete, die der Meinung waren, daß eine Frau so etwas nicht tun dürfe und auch nicht könne. Ich mußte Hosen tragen, um meine blauen Flecken zu verbergen, damit andere Kinder mich nicht auslachten. Meine Familie war fest davon überzeugt, daß mit mir etwas nicht stimmte. Wäre ich ein Junge gewesen, dann wären sie auf meine Leistungen stolz gewesen, aber so hatte ich ihrer Meinung nach nur Schande über sie gebracht. Trotzdem hatte ich weiterhin das Gefühl, daß ich etwas tief in mir selbst treu bleiben müsse. Ich hatte den brennenden Wunsch, die bestmögliche Kämpferin zu werden. Aber da mein Wunsch innerhalb der östlichen Kultur absolut unangemessen war, wurde ich einfach als gestört angesehen.

Doch ein Jahr später, als ich acht Jahre alt war, fand ich heraus, daß nicht alle dachten, ich sei verrückt. Ein Kampfsportmeister erkannte und akzeptierte meinen Wunsch und nahm mich als seine Schülerin auf. Ich hatte wirklich Glück gehabt, denn dieser begnadete Meister brachte mir ungewöhnliche und einzigartige Techniken bei.

Viele Jahre trainierte ich mit ihm in den nahegelegenen Bergen. Dort lernte ich Dinge, die mir die Augen für eine Welt öffneten, von der ich nicht gewußt hatte, daß es sie gab. Die Jahre vergingen, und allmählich begann ich die tieferen Lehren und Geheimnisse der Kampfkünste zu verstehen, die schließlich das kennzeichnen, was ich heute lehre.

Jung SuWon ist mehr als nur eine Kampfkunst, und es ist auch kein Sport. Natürlich beinhaltet es auch eine körperliche Komponente, aber meine Lehre geht weit über die harten Kampfsportarten hinaus, die im Grunde auf Fuß und Faust beschränkt sind. Jung SuWon enthält spirituelle Prinzipien und Übungen, die den Grund legen zu Ihrer inneren Kraft und körperlichen Stärke, was zu der Entfaltung Ihres ganzen Seins führen kann. Demgemäß sind im Jung SuWon die mentalen und spirituellen Aspekte nicht von den körperlichen getrennt und dürfen es auch niemals sein. Dieser Kampfsport ist in der Hauptsache die Kunst, das Leben zu leben. Und dies betrachte ich als den wahren »Weg« des Kriegers – es geht nicht nur darum, in einem Kampf zu siegen, sondern es geht darum, in allen Bereichen unseres Alltagslebens zu siegen. Wenn Sie diese Kunst lernen, wird es kein Hindernis mehr geben, das Sie nicht nehmen können.

Das ist eine Tatsache, die ich mit meinen Erfahrungen bewiesen habe. Man hielt es für unmöglich, daß ich, eine Frau, einen schwarzen Gürtel in meinem Kampfsport erhielt. Dann wurde ich – immer noch eine Frau –, Meisterin (was noch unmöglicher war). Und schließlich (ganz unmöglich!) wurde ich Großmeisterin. Soviel zu den Dingen, die angeblich unmöglich sind.

Es gibt Menschen, die sagen, daß eine Reise zu lang ist und daß sie sie darum erst gar nicht antreten. Wenn Sie den ersten Schritt getan haben, haben Sie bereits die längste Reise verkürzt.

Aber ohne eine Landkarte geht man nicht auf Reisen. Und aus diesem Grund habe ich dieses Buch geschrieben.

Die Kunst des Jung SuWon hat mir geholfen, eine der höchstrangigen Kampfsportmeisterinnen der Welt zu werden. Sie hat jenen geholfen, die ich unterrichtet habe. Ich habe sie gelehrt, auf ein allgegenwärtiges Bewußtsein tief in ihnen selbst zu hören, das ich den »Stillen Meister« nenne.

Wie bei dem Gewebe eines Wandteppichs führt ein Faden immer zu vielen anderen. Niemals habe ich ein Ziel aufgegeben, das ich mir gesetzt habe. Wenn der eine oder der andere etwas vollbringen kann, warum kann ich es dann nicht auch? Wenn es mir beim ersten Anlauf nicht gelingt, versuche ich es eben aufs neue. Und noch einmal. Wurde ein lohnenswertes Ziel jemals ohne Anstrengungen erreicht? Auch wenn etwas nie zuvor vollbracht wurde, warum sollte Sie das aufhalten, es nicht zu vollbringen? Mein Leben setzt sich aus Errungenschaften zusammen, von denen viele wohlmeinende Menschen behauptet haben, sie seien unmöglich.

Ich habe Schulen gegründet und meine Lehren verbreitet, wo immer ich hinkam. Die Nachfrage war stets gleichbleibend groß, und sie wächst sogar. Ob ich Seminare für Manager halte oder Schüler in einer meiner Schulen unterrichte, ich bin überall Menschen mit Zielen und Bedürfnissen begegnet, die meiner Meinung nach nicht ungewöhnlich sind, sondern den allgemeinen Wünschen aller Menschen ungeachtet Geschlecht, Rasse oder Konfession entsprechen.

Das Erlernen von Jung SuWon (das Vereinen von Körper, Geist und Seele) wird eine unglaubliche körperliche und geistige Kraft in Ihr Leben bringen. Ich biete Ihnen dieses Buch an – die Landkarte und den Wegweiser für eine Kunst, die mir so gut dient.

Großmeisterin Tae Yun Kim

KAPITEL 1

IHR STILLER MEISTER

DIE KRAFT IHRES WAHREN SELBST

Die Frage ... Wer bin ich?

Diese Frage ist für das menschliche Bewußtsein einzigartig. Sie ist zweifellos von grundlegender Bedeutung, zuweilen schwierig, aber unbedingt erforderlich, wenn Sie Ihr ganzes Potential im Leben zum Ausdruck bringen wollen. Angenommen, ich sage Ihnen, daß Sie sich lediglich eines begrenzten Teils Ihrer selbst bewußt sind, daß Sie Ihr Selbst, Ihr *Wahres* Selbst, noch nicht erfahren haben, und daß Sie mit einer mächtigen, schöpferischen Kraft in Ihnen selbst in Berührung kommen müssen, die Ihr Leben völlig verändern kann.

Wer bin ich?

Eine schnelle Antwort kann zu folgenden Äußerungen führen: »Ich bin Ingenieur«, oder »Ich bin jemand, der Menschen mag. Ich bin völlig angespannt und voller Angst. Ich bin Mutter. Ich bin eine Null. Ich bin sportlich. Ich bin intellektuell. Ich bin schüchtern...« Beachten Sie, wie häufig wir dazu neigen, uns mit positiven oder negativen Persönlichkeitsmerkmalen zu beschreiben, die wir im Laufe der Jahre entwickelt oder erworben und als »ich bin« angenommen haben. Die meisten von uns sehen nur bis zu diesem Punkt und nicht weiter.

Fragen Sie sich also jetzt: »Wer bin ich?« Was möchten Sie sein? Wo stehen Sie heute? Was haben Sie erreicht, und was haben Sie nicht erreicht? Haben Sie den Beruf, der Ihnen gefällt, und die Beziehungen, die Sie möchten? Mögen Sie sich so, wie Sie sind? Sind Sie glücklich? Haben Sie Ihre Träume und Ziele verwirklicht?

In Wirklichkeit beschreiben Sie mit Ihrer Antwort auf die

Frage: »Wer bin ich?«, wo Sie genau stehen. Warum? Wie Sie auf diese Frage antworten, bestimmt, welche *Wahl* Sie für sich in jedem Augenblick Ihres Lebens treffen.

Sie wählen nur etwas, wenn Sie glauben, daß es möglich ist, und mit dieser Wahl wird festgelegt, was Sie mit Ihrem Leben anfangen und was aus Ihnen wird. Wenn Sie zum Beispiel glauben, daß Sie schüchtern sind, werden Sie sich nicht für den Beruf des Schauspielers entscheiden, auch wenn Ihre Begabung und Ihr innerer Wunsch offensichtlich sind. Wenn Sie davon überzeugt sind, kein guter Schüler zu sein, werden Sie sich höchstwahrscheinlich nicht zu einem Studium entschließen, das Sie zu dem Beruf führt, der Ihnen wirklich gefällt. Es ist also äußerst wichtig, die absolute Wahrheit über sich selbst und seine Fähigkeiten zu kennen.

Mein Hauptanliegen mit diesem Buch ist es, Ihnen zu zeigen, daß Sie vielleicht eingeschränkte Entscheidungen getroffen haben, die auf einem eingeschränkten Wissen von Ihnen selbst beruhen. Stellen wir also gemeinsam die Frage: Wer bin ich – *wirklich?*

Wenn Sie zur Zeit mit Ihrem Leben zufrieden sind, wird Sie diese Frage im Augenblick wenig interessieren. Aber wenn Sie Träume haben, die greifbar zu sein scheinen, aber trotzdem irgendwie außer Reichweite sind, wenn Sie sich unerfüllt, enttäuscht, entfremdet oder leer fühlen, wenn Sie meinen, nicht das getan zu haben, was Sie eigentlich tun wollten, wenn es mehr gibt, was Sie sich wünschen, mehr, was Sie erreichen möchten, wenn Sie die Sehnsucht verspüren, ein tieferes Gefühl der Freude und des Friedens zu erfahren und Ihre Entschlußkraft zu steigern, obwohl Ihr Leben in fast jeder Hinsicht zufriedenstellend verläuft, dann ist es an der Zeit, daß Sie Ihr Selbstbild, Ihr Bild davon, wer Sie sind, erweitern.

Ganz gleich, wer Sie sind, ganz gleich, wo Sie sind, ganz gleich, welchen Hindernissen und Einschränkungen Sie in diesem Augenblick ausgesetzt sind, Sie können Ihr Leben völlig verändern und Einfluß auf Ihr körperliches Wohlbefinden und auf Ihr Bewußtsein nehmen. Die Entscheidung, wer Sie sein möchten, liegt in Ihrer Hand.

Die Antwort ... Sechs Bilder des Stillen Meisters

Wer sind Sie? In Ihnen ruht eine Präsenz, eine Macht, ein *Bewußtseinszustand,* der Ihnen Kraft verleiht, geistige und körperliche Grenzen in Ihrem Leben zu überwinden, die Kraft, verfahrene Situationen zu meistern und zu verändern, die Kraft, sich Ziele zu setzen und sie zu erreichen, die Kraft, Glück und Frieden ungeachtet der Umstände um Sie herum zu erfahren – die Kraft, um das zu sein, was Sie wirklich sind.

Dieses Bewußtsein bezeichne ich im Jung SuWon als den *Stillen Meister.* Wenn Sie dieses Bewußtsein, Ihren Stillen Meister, in sich selbst finden, nehmen Sie Ihr Leben in die Hand. Zuvor haben Sie sich vielleicht durchs Leben treiben lassen, aber jetzt steuern Sie selbst durchs Leben. Sie werden eine neue Freiheit, inneren Frieden, Kreativität und Harmonie erfahren, die Ihrem Leben Erfüllung, Sinn, Freude und Dynamik geben. Jeden Tag werden Sie feststellen, daß Sie glücklich sind zu leben, aus der reinen Freude heraus, das Leben zu erfahren, sich selbst zu erfahren!

Ich lehre die Kunst des Jung SuWon, um Ihnen diese mächtige Präsenz ins Bewußtsein zu bringen, um Sie zu befähigen, Ihren Stillen Meister zu erkennen und hervorzubringen.

Denken Sie über die folgenden sechs Aussagen über das Bewußtsein des Stillen Meisters nach, die ich Bilder des Stillen Meisters nenne. Ich verwende absichtlich das Wort »Bild« und nicht »Aussage«. Wenn Sie den Abschnitt über Visualisierung gelesen haben, werden Sie auch den Grund verstehen. Diese

Bilder stellen die Grundlage meiner Jung SuWon-Philosophie dar und werden in diesem Buch ausführlich behandelt. Aber jetzt betrachten Sie zunächst einmal jedes einzelne Bild, als wäre es ein keimender Gedanke, der zu einem praktischen Verständnis für Ihr wahres Sein und Ihre wahre Kraft erblüht.

Sechs Bilder des Stillen Meisters

BILD I

SIE SIND EINZIGARTIG

*Ihr Stiller Meister ist Ihr
Wahres Selbst, Ihr ursprüngliches Selbst.
Er drückt sich durch
Ihr Denken, durch wahre
Ideen und Gedanken in Ihrem
Geist aus. Er ist Ihr unveränderliches
Selbst, das getrennt
von Ihrem Gehirn (das lediglich
Ihre Wahrnehmungen verarbeitet) und
den Persönlichkeitsmerkmalen existiert,
die Ihnen von Ihrer Umwelt
eingeprägt worden sind.*

BILD II

SIE SIND EINS MIT DER LEBENSKRAFT

*Ihr Bewußtsein des Stillen Meisters
ist aus der unermeßlichen
Lebenskraft hervorgegangen, die das Universum
erschafft und belebt. Sie existieren als
ein Teil des Universums, und folglich
ist es die Lebenskraft, die Sie
erschafft und belebt. Es ist
die Kraft, die Ihr Herz zum Schlagen bringt.
Weil Sie dieses Bewußtsein sind,
haben Sie auch all die Eigenschaften,
die die Lebenskraft hat.*

BILD III

SIE ERSCHAFFEN MIT IHREN GEDANKEN DIE WIRKLICHKEIT

*Ihr Bewußtsein des Stillen Meisters
weiß, daß es seinem Wesen nach
immateriell ist, aber es nimmt auch Gestalt an
(manifestiert sich) in Form
Ihres physischen Körpers
und der materiellen
Welt um Sie herum.
Folglich können Sie von sich sagen,
daß Sie immateriell (geistig) und
gleichzeitig
materiell (physisch) sind.*

BILD IV

SIE SIND SCHÖPFERISCHE ENERGIE

*Ihr Stiller Meister weiß,
daß er die Quelle
geistiger, emotionaler und
materieller Energie ist – Ihrer Energie,
die Sie ungehindert verwenden
und lenken können, um das
zu erschaffen, was Sie sich wünschen.
Folglich sind Sie ein Mitschöpfer
und arbeiten mit der Lebenskraft des Universums
zusammen, um sich und die Welt
um Sie herum zu formen.*

BILD V

SIE HABEN DIE KRAFT, IHRE TRÄUME ZU VERWIRKLICHEN

*Ihr Stiller Meister verfügt
über ein uneingeschränktes Gewahrsein und
eine überragende Intelligenz und ist bereit,
Ihnen alle Einsichten,
Informationen und Anweisungen zu vermitteln,
die Sie benötigen, um Ihre Träume, Wünsche
und Ziele zu verwirklichen. Genaugenommen
ist dieses Bewußtsein die
Quelle all Ihrer wahren Wünsche.*

BILD VI

SIE SIND VOLLKOMMEN, IM FRIEDEN UND ERFÜLLT

*Ihr Stiller Meister drückt
Vollkommenheit, Erfüllung,
Harmonie, Frieden, Glück und
Liebe aus und verleiht
diese Eigenschaften
allem, was er erschafft.*

Diese sechs Bilder spiegeln ein Bewußtsein wider, das jetzt in Ihnen vorhanden ist. Wie bringt sich Ihr Stiller Meister zum Ausdruck? Wie erschafft er etwas? Durch Gedanken und Ideen. Wenn Sie Ihren Stillen Meister zum Ausdruck bringen, werden Sie lernen, das zu erschaffen, was Sie sich wünschen, indem Sie Ihre Denkweise in neue Bahnen lenken, indem Sie seine Gedanken denken. Wie zuvor angedeutet, werden diese Gedanken und Ideen Gestalt annehmen in Form Ihres Körpers und Ihrer Emotionen, in Form von Ereignissen und konkreten Dingen.

Sobald Sie sich mit dem Stillen Meister in Ihnen selbst in Verbindung setzen und ihn erkennen, werden Sie zwangsläufig anfangen, sich aus einem anderen Blickwinkel zu betrachten und völlig neue Einsichten über sich zu gewinnen. Das, was Sie für Ihr »Selbst« halten, sagt vielleicht: »Ich bin ein Versager.« Aber Ihr Stiller Meister hält dem entgegen: »Mit meiner geistigen und körperlichen Kraft bin ich in der Lage, zu handeln und meine Ziele zu erreichen.« Ihr begrenztes Selbst sagt vielleicht: »Ich habe Angst.« Ihr Stiller Meister sagt: »Ich habe keine Angst, weil ich die Quelle der wahren Kraft bin.« Ihr begrenztes Selbst sagt vielleicht: »Ich bin krank, und ich kann nichts dagegen unternehmen.« Ihr Stiller Meister sagt: »Ich bin immer völlig gesund, und ich kann es beweisen.« Ihr begrenztes Selbst sagt vielleicht: »Mich plagen Zweifel, und darum gebe ich auf.« Ihr Stiller Meister sagt: »Ich bin mir sicher und bleibe fest dabei, bis ich meine Wahrheit bewiesen habe.«

Die Eigenschaften Ihres Stillen Meisters und die Wege, wie Sie ihn hervorbringen können, werden noch ausführlich behandelt, denn das ist das Anliegen der Kunst des Jung SuWon, die in diesem Buch dargelegt wird. Aus dem Koreanischen übersetzt heißt »*Jung*« »Verstand«, der denkende Teil von Ihnen. Mit »*Su*« sind die physischen Formen einschließlich Ihrer selbst gemeint, die von der immateriellen Lebenskraft des

Universums erschaffen worden sind. »*Won*« bedeutet die ausgleichende und harmonisierende Einheit der gesamten Schöpfung mit dieser Lebenskraft. Demgemäß ist *Jung SuWon* eine Kunst, die Ihnen den Weg zeigt, wie Sie als Individuum Ihre Einheit mit der Lebenskraft des Universums zurückfordern können. Diese Einheit, wie wir jetzt wissen, ist Ihr Bewußtsein des Stillen Meisters, und das Ziel beim Erlernen von Jung SuWon liegt darin, diese Einheit bewußt zu erreichen. Diese Einheit ist Ihr Geburtsrecht!

Die Verwirrung ...

Doch zuerst ist die Frage wichtig, warum der Stille Meister so genannt wird. Warum ist er still? Wenn doch seine ganze Kraft und sein ganzer Einfluß zur Verfügung stehen, warum ist er nicht unmittelbar da, um sich um Sie und Ihre Probleme zu kümmern, um Sie zu der starken, erfolgreichen, leistungsstarken Persönlichkeit zu machen, die Sie sein möchten? Wo ist der Stille Meister in all den Jahren gewesen?

Der Stille Meister war schon immer da. Er ist nur dann still, wenn wir uns seiner nicht bewußt sind, wenn wir uns nicht auf ihn konzentrieren, wenn wir ihn nicht als unser Wahres Selbst erkennen. Er ist still, wenn er vernachlässigt wird – wenn wir ihn vernachlässigen. Es ist schwierig, auf etwas zu hören, was still ist. Aber wenn Sie sich entschließen, Ihren Stillen Meister zu finden, beginnt seine Kraft sich zu entfalten in dem Maße, wie Sie bestrebt sind, sich zu öffnen, um ihn zu erfahren. Die Frage lautet also nicht: Wo ist der Stille Meister gewesen? Die Frage lautet: Wo sind Sie gewesen? Wir werden diese Frage beantworten, damit Ihnen verständlicher wird, wie Sie ein neues Bild von sich empfangen können.

Interessanterweise wird unser Lebensanfang mit dem Begriff

»Empfängnis« beschrieben. Wir werden von unseren Eltern »empfangen«. Und vom Tag unserer Geburt an tun wir wirklich nichts anderes, als Bilder von uns zu empfangen.

Vielleicht gehörte zu den ersten Bildern, die Sie aufgenommen haben, Ihre Abhängigkeit. Fürsorge, Nahrung und Wahrnehmung Ihrer selbst kamen von außen, von Ihrer unmittelbaren Umgebung, höchstwahrscheinlich zuerst von Ihren Eltern, dann von der Schule, dem Arbeitsplatz und dem sozialen Umfeld. Aufgrund Ihrer Abhängigkeit als kleines Kind haben die für Sie Verantwortlichen angefangen, Ihre Identität nach ihren Überzeugungen und Erwartungen zu formen. Wie? Vor allem dadurch, daß sie Ihnen gesagt haben, was »gut« und was »schlecht« ist. Vieles, was sie Ihnen beigebracht haben, ist Ihnen zugute gekommen. Als kleines, abhängiges Kind war es gewöhnlich zu Ihrem Besten, von denen zu lernen, die sich um Sie gekümmert haben. Sehr häufig hatten sie nur Ihr Bestes im Sinn. Aber viele Dinge, die Sie als gegeben hingenommen haben, waren lediglich die Meinungen anderer.

Einige Ihrer Verhaltensweisen sind biologisch vorgegeben. Niemand mußte Ihnen beibringen, zu weinen, zu lächeln, zu lachen, Durst und Hunger, Schmerz und Lust zu empfinden. Aber selbst diese unwillkürlichen Reaktionen unterlagen dem Druck der Zustimmung und Ablehnung von Autoritätspersonen, so daß Sie möglicherweise schnell gelernt haben, natürliche Impulse zu verbergen, zu verdrängen oder zu entstellen, Impulse, die dafür bestimmt waren, Ihnen zu helfen, sich selbst kennenzulernen.

Aufgrund Ihrer Abhängigkeit in den Entwicklungsjahren war der Druck enorm, sich den sozialen Normen außerhalb von Ihnen selbst anzupassen, ob nun in der Familie, Schule oder der Gesellschaft in ihrer Gesamtheit. Da Sie sich als Kind von den Menschen nicht abwenden konnten, die für Ihr körperliches und seelisches Überleben verantwortlich waren, waren Sie mit ihnen einverstanden, so gut es Ihnen möglich war. Vielleicht haben Sie einige Auffassungen über sich selbst abgelehnt, aber zum größten Teil haben Sie das angenommen, was man über Sie gesagt hat. Und Sie haben sich dementsprechend verhalten. Warum sollten Sie auch nicht? »Sie« hatten bestimmt die besten Absichten. Fügsamkeit wurde als eine gute Eigenschaft angesehen, eine Eigenschaft, die es Ihnen ermöglichen würde, sich Ihrer Umgebung anzupassen und im Leben mit einem Mindestmaß an Konflikten zurechtzukommen.

Im weiteren Verlauf Ihrer Wechselbeziehung mit Ihrem Umfeld haben Sie Handlungsweisen gelernt, um Konflikten aus dem Weg zu gehen, das Mißfallen von Autoritätspersonen zu vermeiden und sich Lob und Freude zu sichern. Sie haben vielleicht gelernt, daß der Weg des geringsten Widerstands der ist, den Erwartungen anderer zu entsprechen, die Anweisungen anderer zu befolgen, sich nicht zu sehr von anderen zu unterscheiden und nicht mit dem System in Widerspruch zu geraten. Beachten Sie dabei, daß das System zwar dafür bestimmt ist, Ihnen ein gewisses Maß an Sicherheit und Geborgenheit zu geben, aber nicht die Garantie für Glück, Erfüllung und Freiheit – oder andere Qualitäten, die das Leben erst richtig lebenswert machen.

Wenn Sie das Alter erreichen, in dem Sie für sich selbst sorgen können, sind Sie von diesen alten Einflüssen nicht unverzüglich befreit. Die Programmierung ist in der Regel starr und festgelegt.

Sie sind die Person, die man Sie gelehrt hat zu sein.

Viele Entscheidungen, die Sie jetzt treffen – sogar Ihre wichtigsten Entscheidungen, wie etwa der Ehepartner oder der Beruf – sind in Wirklichkeit »ihre« Entscheidungen. Selbst einige Ihrer sogenannten guten Überzeugungen spiegeln nicht unbedingt Ihr wahres Sein wider. Beispielsweise kann es sein, daß jemand Anwalt wird, statt seinen eigentlichen Traum zu verwirklichen, nämlich Autos zu entwerfen. Wenn das geschieht – und so ergeht es vielen –, dann müssen Sie zugeben, daß Sie nur eine »Kopie« der Erwartungen anderer und nicht Ihr ursprüngliches Selbst sind. Ihre ganze Persönlichkeit, die Sie entwickelt haben, und Ihr Leben, das Sie sich aufgebaut haben, haben mit Ihrem Wahren Selbst vielleicht wenig zu tun. Das kommt dem sprichwörtlichen Haus gleich, das auf Sand gebaut wurde. Es wird auf jeden Fall zusammenfallen, sobald es auf die eine oder andere Weise einer Belastung ausgesetzt ist. Mit Sicherheit wird diese »Kopie« niemals ein Gefühl des Friedens oder der Erfüllung finden, auch wenn es ihr gelingt, zurechtzukommen, und auch wenn ihr alle materiellen Annehmlichkeiten des Lebens zur Verfügung stehen.

Die Lösung ...

Aber Sie können sich kennenlernen! Jetzt sofort! Ihr Stiller Meister ist Ihr ursprüngliches Selbst und wartet immer noch darauf, geboren zu werden. Sie können die Entscheidung treffen, die falschen Auffassungen über sich selbst allmählich durch das Wissen über Ihr wahres Sein zu ersetzen. Sie können aufhören, nur ein Empfänger zu sein, und anfangen, ein Geber zu werden.

Sie können aufhören, selbstzerstörerisch zu sein, und anfangen, ein Schöpfer zu werden. Sie können das sein, was Sie sein möchten. Das ist der Grund, warum Sie hier sind, warum Sie jetzt leben: um die Fülle Ihres Seins zu erfahren, sie zu bewältigen und in sie hineinzuwachsen, um Ihre Kraft und Ihre Bestimmung zu finden und sie auszuleben! Die Entscheidung, Ihren Stillen Meister zu suchen, bedeutet, daß Sie wieder in die Schule gehen. Aber jetzt ist Ihr Leben Ihr Klassenzimmer. Sie werden alle Hindernisse, unangenehmen Sachverhalte und Einschränkungen in Ihrem Leben als Gelegenheiten nutzen, um Ihre Macht zu bekunden. Sie können mit Ihrem Stillen Meister zusammenarbeiten, und Sie können auf ihn hören und wachsen, bis Sie erkennen, daß Sie eins mit ihm sind.

Diese Entwicklung bezeichne ich als den Weg des Jung SuWon-Kriegers. Sie *werden* sich zwangsläufig verändern, und manchmal kann etwas Neues angsteinflößend sein. Wenn Ihre Augen lange Zeit an die Dunkelheit gewöhnt waren und dann plötzlich der Vorhang zurückgeschoben wird, verursacht das grelle Tageslicht Unbehagen und sogar Schmerzen. In gewisser Weise lebt auch Ihr eingeschränktes Selbst in einer solch behaglichen Dunkelheit.

Aber die Belohnung dafür, etwas Neues zu werden, ist groß. Wenn Sie bereit sind, sich dem anfänglichen Unbehagen auszusetzen und es zu überwinden, werden Sie sich bald an die Helligkeit gewöhnen und eine ganz neue Welt entdecken, die von diesem Licht beleuchtet wird. Und Sie werden sich bei jedem Schritt auf dem Weg daran erinnern, daß die Hindernisse und Einschränkungen, die Sie in Angriff nehmen, fallen müssen, weil sie niemals ein Teil Ihres Wahren Selbst waren.

Sowie Sie sich verändern, werden Sie sich neuen Möglichkeiten und neuen Herausforderungen öffnen. Unterwirft sich nicht der Fisch, der flußaufwärts ausschlüpft, großen Gefahren, wenn er zu dem Ozean schwimmt, wo er groß und stark wird? Aber sind diese Gefahren nicht trotzdem vorzuziehen, statt in dem Fluß zu bleiben und ein kleineres Selbst zu leben?

Sie werden sehen, daß der Weg des Kriegers darin besteht, zu erkennen, wer Sie wirklich sind, und es zu bekunden. Sie werden sehen, daß die Arbeit des Kriegers Freude bringt, daß Ihre Beharrlichkeit mit dem stärker werdenden Glauben an Ihren Stillen Meister und an Ihre Liebe zu Ihnen selbst und anderen belohnt wird, und daß Ihr Sieg sichergestellt ist. Weil Sie mit Ihrem Stillen Meister bereits eins sind.

KAPITEL 2

DIE SUCHE NACH IHREM STILLEN MEISTER

Erschließen Sie Ihre Kraft

Inzwischen haben Sie vielleicht eine ungefähre Vorstellung von Ihrem Stillen Meister. Sie wissen etwas darüber, wie er Sie befähigt, Ihr Leben in Einklang mit Ihrem ursprünglichen, einzigartigen Selbst zu erschaffen und zu formen. Aber wo fangen Sie an? Wie bringen Sie Ihren Stillen Meister hervor?

Indem Sie jetzt sofort *denken!*

Die Kraft des Stillen Meisters in Ihnen ist die Kraft des *rechten Denkens,* und der Unterschied zwischen einem eingeschränkten Ich und einem uneingeschränkten Ich liegt zunächst einmal in Ihrer Einstellung und Ihrem Bewußtsein. Wenn Sie also Ihr Leben in die Hand nehmen wollen, müssen Sie als ersten Schritt lernen, Ihr Denken in die Hand zu nehmen. Im Jung SuWon geschieht dies durch das Praktizieren von fünf Prinzipien der Geisteshaltung.

Warum ist die Geisteshaltung so wichtig? So wie wir alle physischen Verhaltensmaßregeln der Gesellschaft befolgen, damit wir auf bestmögliche Weise funktionieren können, so befähigen geistige Verhaltensmaßregeln unser schöpferisches Bewußtsein, optimal zu funktionieren.

Wie das Gesetz der Manifestation bekundet wird

Erinnern Sie sich an folgendes Bild des Stillen Meisters aus dem ersten Kapitel?

III

---

*Ihr Bewußtsein des Stillen Meisters
weiß, daß es seinem Wesen nach
immateriell ist, aber es nimmt auch Gestalt an
(manifestiert sich) in Form
Ihres physischen Körpers
und der materiellen
Welt um Sie herum ...*

Alles, was in Ihrem Leben Gestalt angenommen hat – Ihr Körper, Ihr Zuhause, Ihre Arbeit, Ihre Beziehungen –, existierte zuerst als immaterielle *gedankliche* Gestalt in Form eines bestimmten visuellen Bildes oder einfach einer allgemeinen Einstellung oder eines allgemeinen Gefühls. Wenn Sie jetzt alles betrachten, was Sie in Ihrem Leben manifestiert haben, betrachten Sie ein Bild, das Aufschluß über die Qualität Ihres Denkens und Fühlens gibt.

Diese Beziehung zwischen Ihrem Denken und der Welt, die Sie erschaffen, ist Ausdruck eines universellen Gesetzes der Manifestation. Den Beweis dafür, daß es sich um ein Gesetz handelt, finden Sie, wenn Sie dieses Gesetz leben. Wenn Sie anfangen zu erkennen, wie Ihr kontrolliertes Denken das erschafft, was Sie sich vorgenommen haben zu erschaffen, werden Sie die Gültigkeit dieses Gesetzes nicht länger anzweifeln. Selbst kleine praktische Beispiele werden Sie zu höheren Zielsetzungen inspirieren. Später werden wir ausführlicher darauf eingehen, wie Sie Ihr Denken zu Ihrem größeren Wohle einsetzen können. Aber in diesem Kapitel befassen wir uns erst mit den Vorstufen, um Sie darauf vorzubereiten, bewußt schöpferisch zu denken.

Alles äußerlich Wahrnehmbare im Leben war zunächst innerlich in Gedanken da. Darum kann eine anhaltende Veränderung niemals durch den bloßen Versuch herbeigeführt werden, äußere Bedingungen neu festzulegen oder neu zu ordnen. Trotzdem versuchen wir es in der Regel immer wieder auf diese Weise. Wenn wir in unserem Leben die Symptome einer negativen Entwicklung bemerken, versuchen wir normalerweise, uns der Symptome zu entledigen, anstatt uns von dem geistigen Zustand zu befreien, der diese Symptome *verursacht* hat. Leider neigen wir dazu, die meisten Situationen nur oberflächlich zu untersuchen. Warum? Weil die Suche nach der Ursache für eine Situation mehr Verständnis erfordert, als auf den ersten Blick ersichtlich ist. Es kostet Zeit und Mühe, etwas hinter den oberflächlichen Erscheinungen zu ergründen.

Beispielsweise hatte eine Freundin von mir einmal eine teure Pflanze, die am Eingehen war. Die Blätter färbten sich gelb und fielen ab. Sie gab sich alle Mühe und versuchte es mit mehr Licht, dann mit Schatten, mit mehr Pflanzennahrung, mit mehr Wasser, mit weniger Wasser und so weiter. Entmutigt brachte sie schließlich die Pflanze zu mir. Ich erkannte, daß die Symptome nichts mit einem oberflächlichen Problem zu tun hatten, sondern daher rührten, daß Bakterien die Wurzeln befallen hatten. Ich mußte die Pflanze aus der Erde nehmen, um das eigentliche Problem anzugehen. Zum Erstaunen meiner Freundin verschwanden die Symptome, nachdem ich die Pflanze entwurzelt, gesäubert und umgetopft hatte. Ich bewies ihr damit, daß erst die *Ursache* eines Problems erkannt werden muß, bevor wir das Problem erfolgreich beheben können.

In unserem Alltagsleben können wir an vielen Beispielen sehen, daß wir uns eher mit den Symptomen als mit den Ursachen eines Problems befassen. Jemand trennt sich von seinem unzulänglichen Ehepartner, nur um sich auf einen neuen Partner mit den gleichen unbefriedigenden oder noch schlimmeren Eigenschaften einzulassen. Jemand hat sich einer Krebsoperation unterzogen, nur um festzustellen, daß die Geschwulst wieder nachwächst. In beiden Fällen wurde das Denken (das nicht nur Gedanken, sondern auch Einstellungen und Emotionen umfaßt), das den jeweiligen Zustand *verursacht* hatte, nicht verändert. Folglich änderten sich die äußeren Bedingungen ebenfalls nicht.

Aber was geschieht? Höchstwahrscheinlich verkündet einer: »Siehst du wohl, schon wieder eine gescheiterte Beziehung! Es ist genau so, wie ich es immer sage! Auf dieser Welt gibt es keine guten Menschen mehr. Ich habe mit Beziehungen nur Pech. Und selbst wenn es jemanden gäbe, der zu mir paßt, dann mag er mich nicht, oder ich lerne ihn erst gar nicht kennen.« Und ein anderer sagt vielleicht: »Siehst du wohl! Krebs ist eine unheilbare, tödliche Krankheit. Ich kann mich genausogut mit meinem Schicksal abfinden und versuchen, einigermaßen gut zu leben, bis ich dann sterbe.«

In beiden Beispielen drücken sich genau die Einschränkungen und falschen Vorstellungen aus, die wir überwinden müssen. Diese Menschen stützen ihre Erklärungen auf äußere materielle Beweise. Sie sind von der Richtigkeit ihrer Erklärungen überzeugt, weil sie nicht erkennen, daß sie den Beweis mit ihrem eigenen Denken hervorgebracht haben! Sie erkennen nicht, daß ihre Erklärungen eigentlich Rechtfertigungen dafür sind, daß sie es nicht fertiggebracht haben, das Leben herauszufordern und sich zu verändern.

Natürlich erfordert es viel Arbeit, die eigenen Überzeugungen in Frage zu stellen, viel Mut, sich zu fragen, ob man wahre Aussagen über sich macht oder einfach nur Entschuldigungen heranzieht für die eigene Trägheit, Schwäche oder Weigerung, sich zu verändern.

An dieser Stelle setzen die fünf Prinzipien der Geisteshaltung an, die die Grundlage für Ihr grenzenlos schöpferisches Denken bilden. Wenn Sie diese Prinzipien leben, werden Sie feststellen, daß Sie anfangen, die Wolken des negativen Denkens, die Ihnen die Sicht nehmen, zu vertreiben, so daß der Weg klar vor Ihnen liegt, bewußt ein neues Leben zu erschaffen.

Fünf Prinzipien der Geisteshaltung

1. Erkennen Sie Ihre Ängste und Schwächen und überwinden Sie sie

Fürchten Sie sich nicht vor Ihren Schwächen

Die meisten von uns haben den angeborenen Wunsch, »gut« zu sein. Wenn Sie sich bei Ihren Freunden und Arbeitskollegen umhören, werden Sie Schwierigkeiten haben, jemanden zu finden, der sagt: »Jawohl, ich bin ein gemeiner, ekelhafter, schlechter Mensch, und ich mag mich so, wie ich bin.« Sie werden wohl eher auf Menschen stoßen, die trotz ihrer Fehler ihr Selbstbild verteidigen und angeben, gut zu sein, »richtig« zu sein und einen gewissen Respekt zu verdienen. Vielleicht trifft diese Beschreibung auch auf Sie zu.

Das ist zu erwarten, denn wir alle sind eine Mischung aus Stärken und Schwächen. Und die meisten von uns führen ein Leben, als ständen wir »auf der Bühne« und spielten die Rollen von Mutter, Vater, Arbeitnehmer, Arbeitgeber, Schüler und so weiter. Und während wir diese Rollen spielen, werden die Stärken und Schwächen unserer Darstellung ständig bewertet, gewöhnlich von uns selbst und sicherlich auch von anderen. Wir haben bestimmte Eigenschaften, die als »Stärken« bezeichnet werden und uns helfen, größere Harmonie und inneren Frieden zu finden. Und wir haben Eigenschaften, die sogenannten »Schwächen«, die dazu beitragen, die positiven Dinge, die wir versuchen, zu untergraben oder zu vereiteln.

Weil wir uns über unsere Rollen definieren, haben wir eine natürliche Neigung, unsere Stärken vorzuzeigen und zu betonen, während wir unsere Schwächen vertuschen und ignorieren. Wir gehen von der Annahme aus, daß dieses Verhalten für unser Überleben notwendig ist. Wir glauben, bessere Leistungsbeurteilungen zu bekommen, wenn wir uns von unserer besten Seite zeigen. Und im allgemeinen sind wir davon überzeugt, daß bessere Leistungsbeurteilungen gleichbedeutend mit einem besseren Leben sind. Aber stimmt das wirklich? Erreichen wir überhaupt etwas, wenn wir nur einen Teil von uns würdigen?

Fragen Sie sich noch einmal: »Wer bin ich?« Wenn Sie sich wirklich von Ihrer besten Seite zeigen wollen, müssen Sie bereit sein, Ihre Schwächen genauso kritisch zu betrachten wie Ihre Stärken und zu sagen: »Ich bin eine Mischung aus beidem.« Warum? Weil Sie so Ihre Schwächen beseitigen können. Wie? Indem Sie sich sorgfältig prüfen und sich kennenlernen. Nehmen Sie Papier und Bleistift zur Hand und stellen Sie eine Liste Ihrer Stärken und Schwächen auf. Schreiben Sie jeweils zehn Eigenschaften auf. Sie werden sehen, wie leicht oder schwer Ihnen diese Aufgabe fällt. Sie werden sehen, wie gut Sie sich wirklich kennen. Aber bedenken Sie, daß Sie bei dem Beurteilen Ihrer Stärken und Schwächen sorgfältig vorgehen müssen.

Angenommen, jemand gibt Ihnen einen Beutel mit echten und künstlichen Diamanten und sagt Ihnen, daß Sie die echten von den künstlichen trennen sollen. Zunächst würden Sie sich wohl ein umfangreiches Wissen über die Merkmale echter und künstlicher Diamanten aneignen. Wenn Sie dann die Steine sortieren, werden Sie keine emotionalen Werturteile über sie abgeben. Sie würden nicht sagen: »Dieser herrliche, wunderschöne echte Diamant kommt auf diesen Haufen«, und »Dieser abscheuliche, schreckliche unechte Stein kommt auf diesen Haufen.« Nein, es wäre eine sachliche, nüchterne Arbeit, die darauf angelegt ist, eine Sammlung von echten Diamanten zusammenzustellen.

Jedoch ist es nicht immer so einfach, eine sachliche Einstellung einzunehmen. Wenn ein Chirurg einen Patienten operiert, darf er sich nicht vor Blut fürchten oder davor zurückschrecken, sein Skalpell zu benutzen und durch Gewebe zu schneiden. Sein Ziel besteht darin, eine Geschwulst zu erreichen oder eine Änderung vorzunehmen, damit der Patient wieder gesund wird. Führen wir dieses Beispiel einen Schritt weiter und stellen uns vor, daß Sie nicht nur der Chirurg sind, sondern auch der Patient. Natürlich ist das eine gruselige Vorstellung. Aber Sie müssen den Mut haben, sich selbst mit der gleichen Objektivität zu operieren, um sich von dem zu befreien, was für Sie schädlich sein kann. Und wie sieht das Ergebnis aus? Sie empfinden ein Gefühl der inneren Ruhe, weil Sie jetzt wieder völlig gesund sind.

Prüfen Sie also kühl und nüchtern Ihre Stärken und Schwächen. Sie brauchen keine Werturteile über sich abzugeben. Wenn Sie Ihre Stärken gefunden haben, entscheiden Sie sich, sie beizubehalten, aber werden Sie nicht übermäßig zuversichtlich oder selbstgefällig dabei. Wenn Sie Ihre Schwächen gefunden haben, entschließen Sie sich, sie auszumerzen, aber fallen Sie dabei nicht in einen Sumpf von Depression, Mutlosigkeit oder Selbstverurteilung.

Wie wissen Sie, ob Sie Ihre Schwächen ausgemerzt haben? Wenn Sie von ihnen nicht mehr beherrscht werden. Ein ehemaliger Alkoholiker, der zwar nicht mehr trinkt, aber Angst hat eine Flasche anzusehen, wird bis zu einem gewissen Grade noch immer von dieser Krankheit beherrscht. Kann er jedoch die Flasche ansehen und sagen: »Ich bin geheilt, und ich habe keine Angst mehr vor dir«, dann hat diese Krankheit keinen Einfluß mehr auf ihn. Genauso werden Sie Ihre wahre Stärke spüren, sobald Sie keine Angst mehr davor haben, Ihren Schwächen zum Opfer zu fallen.

Das Aufgeben von Schwächen setzt Ihre Energie frei

Der Prozeß, sich selbst einer nüchternen Prüfung zu unterziehen, erfordert viel Energie. Vielleicht glauben Sie, daß Sie dafür nicht bereit sind, oder vielleicht finden Sie für sich die Entschuldigung, daß Sie es später nachholen werden. Aber wieviel Energie verschwenden Sie bei dem ständigen Versuch, Ihre Schwächen verborgen zu halten? Ich versichere Ihnen, Sie werden über die Welle von Energie und Entspannung überrascht sein, die Sie spüren, sobald Sie anfangen, Ihre Schwächen aufzugeben.

Folgendes Beispiel soll diesen Sachverhalt verdeutlichen: Ich beobachtete einmal einen Vogel, der ein großes Stück Brot gefunden hatte, zu groß, als daß er es allein hätte fressen können. Alle Vögel, die sich in seiner Nähe aufhielten, sahen das Brot und flogen von den Bäumen herab, um mitzufressen. Der Vogel verwendete viel Energie darauf, das Brot von den anderen fernzuhalten. Er war mit diesen Manövern so sehr beschäftigt, daß ihm nicht einmal Zeit blieb, das Brot zu fressen. Es war offensichtlich, daß das Brot für alle gereicht und der Vogel viel Energie gespart hätte, wenn er seine »Selbstsucht« aufgegeben und seine Mahlzeit geteilt hätte.

Wenn Sie eine umfassendere Einstellung von sich selbst gewinnen, werden Sie für das Aufgeben Ihrer geliebten Schwächen dadurch belohnt, daß Sie ein höheres Maß an Energie und Freiheit erfahren. Ihre Stärken allein genügen völlig, um sie mit anderen zu teilen, und sie genügen völlig, um sich jeder Situation zu stellen.

Sind die Schwächen anderer wirklich auch Ihre Schwächen?

Während Ihrer Selbstanalyse wird Ihnen möglicherweise auffallen, daß andere Menschen Schwächen haben, die Sie nicht haben. Dazu ein warnendes Wort: Vielleicht hat eine andere Person wirklich Schwächen, die Sie nicht teilen. Aber wenn Sie sich dabei ertappen, daß Sie auf die Schwäche einer Person emotional und gefühlsbetont reagieren, dann steht es mit an Sicherheit grenzender Wahrscheinlichkeit fest, daß auch Sie diese Schwäche haben. Ertappen Sie sich zum Beispiel dabei zu sagen: »Ich hasse einfach die Art, wie Julia mit so wenig Selbstvertrauen handelt. Man hat den Eindruck, als habe sie Angst vor ihrem eigenen Schatten. Ich bin auch nicht gern mit ihr zusammen, weil mich ihre Angst einfach ärgert«, dann ist die Wahrscheinlichkeit groß, daß Sie darum nicht gern mit Julia zusammen sind, weil sie *Ihre* Angst, *Ihr* mangelndes Selbstvertrauen darstellt. Sie haben womöglich so viel Angst vor dieser Schwäche in Ihnen selbst, daß Sie sich weigern, sie bei Ihnen selbst zu sehen. Wenn Sie sie also bei Julia sehen (was für Sie sicherer ist), reagieren Sie nur auf Julia, obwohl Sie doch eigentlich auch auf *sich* so reagieren müßten.

Manchmal sind unsere Schwächen also tatsächlich schwer zu erkennen und zu beseitigen, weil wir Angst vor ihnen haben. Dann sollten wir jetzt gemeinsam diese Schwäche beseitigen. Sehen Sie es auf diese Weise: Wenn Sie eine häßliche Warze haben, möchten Sie sie bestimmt nicht behalten. Auch wenn Sie sie verbergen, werden Sie ständig darüber nachdenken, wie Sie sie loswerden können. Betrachten Sie Ihre Schwächen genauso. Sie sind nicht unbedingt so sichtbar wie Warzen, aber sie sind genauso »unansehnlich« und schmälern genauso Ihre Ausgeglichenheit und Schönheit.

Zorn, Angst, Groll, Trägheit, Verzweiflung, Pessimismus, Selbstsucht, Rache, Zynismus, Eifersucht, Ärger – das sind nur einige der schwachen, ohnmächtigen Gemütszustände, die überwunden werden müssen. Wenn Sie merken, daß Sie auf diese Merkmale bei Ihnen selbst oder bei anderen mit Mitgefühl reagieren, wissen Sie, daß Sie auf dem besten Weg sind, sie zu überwinden. Warum? Weil Mitgefühl eine Eigenschaft Ihres Stillen Meisters ist und signalisiert, daß seine Präsenz auf Ihren Geist einzuwirken beginnt. Mitgefühl bedeutet auch, daß Sie Ihre Angst vor der Schwäche verloren haben, und das ist der erste Schritt, um sie auszumerzen.

Der zweite Schritt zur Beseitigung Ihrer Schwäche besteht darin, diese durch eine Eigenschaft zu ersetzen, die sie negiert, die das Gegenteil von dieser schlechten Eigenschaft ist. Auf diesen Vorgang werden wir später ausführlicher eingehen. Im Augenblick kommt es darauf an, zu verstehen, daß Schwächen kein Bestandteil Ihres ursprünglichen Selbst sind. Indem Sie Ihre Schwächen durch Stärken ersetzen – Zorn durch Liebe, Trägheit durch Handeln, Selbstsucht durch Selbstlosigkeit und so weiter –, haben Sie bereits alles Erforderliche unternommen, um diese Feinde Ihres Wohlbefindens zu besiegen.

2. Lernen Sie aus Ihren Fehlern

Fehler sind Ihr Feedbacksystem

Im vorhergehenden Abschnitt wurde besprochen, wie wir ständig unsere »Bühnendarstellung« im Leben bewerten und daß wir unsere Schwächen gern verbergen, indem wir uns ins rechte Licht stellen und dabei hoffen, eine bessere Leistungsbeurteilung zu bekommen. Aus dem gleichen Grund neigen wir dazu, unsere Fehler zu verbergen. Wir denken nicht nur, daß ein guter Schauspieler nicht schwach sein darf, sondern auch, daß ein guter Schauspieler keine Fehler begehen darf. Je schneller wir einen Fehler, den wir gemacht haben, aus dem Sichtfeld räumen und »weitergehen«, um so besser. Denken Sie einen Augenblick darüber nach. Wie schnell sind wir doch bei der Hand, einen Fehler zu vertuschen, zu entschuldigen oder zu rechtfertigen. Wir unternehmen alles Erdenkliche, um uns von ihm zu entfernen, statt ihn gründlich und nüchtern zu betrachten.

Tatsache ist jedoch, daß Fehler Teil eines natürlichen Feedbacksystems bei dem Erlernen einer Aufgabe oder dem Erreichen eines Ziels sind. Das ist alles.

Stellen Sie sich einen Sportler vor, der anfängt, einen Salto rückwärts zu lernen. Während er sich bemüht, die Bewegung nachzumachen, so gut er kann, teilt sein Lehrer ihm mit, was er richtig macht und was er falsch macht. Das wird als *positives* und *negatives* Feedback bezeichnet. Mit dem positiven Feedback wird sein richtiges Handeln beschrieben, während mit dem negativen Feedback auf seine Fehler hingewiesen wird. Verstehen Sie jetzt, daß im Lernprozeß das Wissen über Fehler genauso wichtig ist wie das Wissen über das richtige Handeln? Wenn Sie wissen, was nicht richtig ist, können Sie bewußt danach streben, den Fehler zu vermeiden und das richtige Handeln beliebig zu wiederholen. Genaues Wissen über *Rich-*

tig und *Falsch* bildet die Grundlage für unsere bewußten Entscheidungen und Handlungen, was wiederum den Lernprozeß beschleunigt.

Stellen Sie sich jemanden vor, der sich bemüht, am Arbeitsplatz befördert zu werden. Vielleicht lenkt er die Aufmerksamkeit auf sich, indem er prahlt und angibt und auf Fehler von Mitarbeitern hinweist, um selbst besser dazustehen. Nach einer Weile wird er plötzlich entlassen, anstatt befördert zu werden. Hat er einen Fehler gemacht? Ganz bestimmt. Er muß diesen Fehler jetzt als Feedback betrachten, was man nicht tun darf, wenn man befördert werden will. Natürlich muß er immer noch lernen, was man statt dessen tun muß, und möglicherweise wird er weiterhin Fehler machen, bis er das richtige Verhalten gefunden hat. Aber der Schlüssel liegt im Weitermachen. Er darf seine Fehler nicht als Entschuldigung nehmen, um aufzugeben oder künftige Versuche durch Selbstverurteilung zunichte zu machen. Wenn das Ziel lohnenswert ist, muß er die Bereitschaft haben, trotz aller Fehlschläge dabei zu bleiben, und diese stets als Lernerfahrung, als Feedback betrachten, bis er auf das richtige Verhalten, das zum Erfolg führt, gestoßen ist.

Fehler machen heißt Fortschritte machen

Die Bereitschaft, aus Fehlern zu lernen, bildet die Grundlage für jede Art von Fortschritt. Wieviel Fehler hat wohl Alexander Graham Bell bei der Erfindung des Telefons gemacht, bis ihm die Verbindung zwischen zwei Zimmern in seinem Haus gelang? Jetzt werden Telefone entwickelt, die es ermöglichen, einen Gesprächspartner zu sehen, mit dem man auf der anderen Seite der Erdkugel verbunden ist. Wieviel Fehler sind den Ingenieuren unterlaufen, die diese Technik entwickelt haben? Wen kümmert es? Das Ziel liegt darin, erfolgreich zu sein, und nicht darin, die Fehler zu zählen.

Fehler sind auch für unsere Entwicklung unbedingt erforderlich. Von der Minute an, in der Sie sich ein Ziel gesetzt haben, das für Sie wichtig ist, werden Sie Fehler machen. Woher haben wir Menschen die Vorstellung, daß vollkommen zu sein bedeutet, keine Fehler machen zu dürfen? Niemals einen Fehler zu machen, bedeutet nicht, daß wir vollkommen sind. Niemals einen Fehler zu *wiederholen* (nachdem wir von ihm wissen) reicht vollkommen aus.

Stellen Sie sich die Freiheit vor, die Sie spüren, wenn Sie sich keine Sorgen mehr machen, Ihre Fehler zu verteidigen oder zu verbergen. Erleben Sie den Zuwachs an Energie, der von dieser Freiheit herrührt! Begrüßen Sie in Ihrem Bewußtsein Ihre Fehler als Ihre Freunde und Lehrer.

Die Angst davor, Fehler zu machen, ist Trägheit

Zum Teil ist unsere Angst vor Fehlern reine Trägheit. Was kann schlimmstenfalls passieren, wenn Sie einen Fehler machen? Sie werden diese Handlungsweise aufgeben und eine andere annehmen, was einfach eine Menge Arbeit bedeutet. Was heißt das? Das heißt, daß Sie über eine andere Handlungsweise nachdenken müssen. Sie müssen vielleicht kreativ werden. Sie müssen vielleicht für das Überlegen, Einschätzen und Planen Energie aufbringen. Sie müssen bestimmten Gefühlen, wie zum Beispiel Verzweiflung, Sinnlosigkeit, Ablehnung und Angst widerstehen.

Wenn Sie geistig träge sind, kann ein begangener Fehler die beste Entschuldigung sein, um aufzugeben, um zu entscheiden, daß Ihr Ziel wohl doch nicht so wichtig ist. Was für eine sinnlose Verschwendung! Warum so wenig vom Leben erwarten?

Fehler an sich sind nicht schädlich. Was schädlich ist, ist

unsere Einstellung zu Fehlern. Aber wenn Sie bereit sind, Fehler zu machen, sie zu prüfen, sie als Feedback anzusehen und immer neue zu machen, bis Sie Ihr Ziel erreicht haben, dann haben Sie die richtige Einstellung. Natürlich machen Sie nicht absichtlich Fehler. Aber wenn Sie sich selbst herausfordern, seien Sie sich bewußt, daß Fehler ein natürlicher Bestandteil dieser Entwicklung sind.

Die richtige Einstellung zu Fehlern wird Ihnen die Freiheit geben, Ihre Ziele mit Vertrauen, einem Mindestmaß an Ablenkung und der festen Verankerung Ihres Erfolges in Ihrem Bewußtsein zu verfolgen. Wenn Sie merken, daß Sie sich voll Freude von einer Situation in die nächste begeben, sich Fehler zunutze machen, um zu lernen, zu wachsen und Fortschritte zu machen, dann hat Ihr Stiller Meister angefangen, in Ihrem Leben wirksam zu werden.

3. Wir haben die Fähigkeit, Dinge zu tun, zu handeln, etwas zu leisten und zu erschaffen

Betrachten Sie noch einmal dieses Bild des Stillen Meisters.

II

Ihr Bewußtsein des Stillen Meisters ist aus der unermeßlichen Lebenskraft hervorgegangen, die das Universum erschafft und belebt ... Weil Sie dieses Bewußtsein sind, haben Sie auch all die Eigenschaften, die die Lebenskraft hat.

Sie und das Universum sind untrennbar; Sie bilden eine Einheit, Sie sind eins. Die Lebenskraft des Universums ist schöpferisch, also sind auch Sie schöpferisch. Es liegt im Wesen unseres Universums, daß Gedanken konkrete Form annehmen. Weil Sie ein integraler Bestandteil unseres Universums sind, nimmt also auch Ihr Denken konkrete Form an. Seit dem Tag, an dem Sie geboren sind, sind Sie ständig dabei, Ihr Leben zu erschaffen.

Erinnern Sie sich auch an das folgende Bild?

IV

*Ihr Stiller Meister weiß,
daß er die* Quelle
*geistiger, emotionaler und
materieller Energie ist – Ihrer Energie,
die Sie ungehindert verwenden
und lenken können, um das
zu erschaffen, was Sie sich wünschen.
Folglich sind Sie ein Mitschöpfer
und arbeiten mit der Lebenskraft des Universums
zusammen, um sich und die Welt
um Sie herum zu formen.*

Die Lebenskraft des Universums fließt durch Sie hindurch und bringt Ihr Herz zum Schlagen. Wenn Sie denken, verwenden Sie die Energie dieser Kraft, um neue Energieformen zu erschaffen, und diese Energie *materialisiert* sich buchstäblich – sie nimmt materielle Gestalt an. Alles, was materiell ist, sowohl Gegenstände als auch Ereignisse, ist eine »Kristallisation« der gedanklichen Energie. Der Maler und der Musiker veranschaulichen diesen Vorgang auf ganz natürliche Weise. Nehmen sie doch für ihre Arbeit einen unbestimmten Gedanken oder ein Gefühl und verwandeln ihn in etwas Konkretes – in ein Gemälde oder in eine Symphonie!

Sie sind ein unbegrenzter Mitschöpfer

Sie haben immer schon Ihr Leben erschaffen. Dieser Prozeß ist ein Geschenk der Lebenskraft des Universums an Sie.

Aber Ihr Schaffensprozeß ist bisher größtenteils unbewußt verlaufen und folglich ungelenk und ein wenig willkürlich, vom Denken anderer beeinflußt und begrenzt durch das, was Sie für möglich hielten.

Bei der dritten Regel über die Geisteshaltung geht es im wesentlichen darum, wie Sie sich *durch sich selbst* einschränken: Sie schränken Ihr Denken mit Ihrem Denken ein. Diese Regel fordert Sie dazu auf, aufzuwachen, sich zu öffnen, höhere Erwartungen zu stellen und zu erkennen, daß Sie alles erreichen und hervorbringen können, was immer Sie sich vorzustellen vermögen.

Klingt das zu kühn? *Was immer* Sie sich vorstellen können? Was möchten Sie denn *wirklich?* Diese Regel ist keine Aufforderung, leichtsinnig zu denken. Wenn überhaupt, dann ist es eine Warnung, Vorsicht walten zu lassen bei allem, was Sie denken. Warum? Weil jeder Gedanke auf die eine oder andere Weise wirklich Gestalt annimmt. Die Redensart, »Sei vorsichtig, was du dir wünschst, denn du könntest es bekommen«, trifft den Kern.

Ein übertriebenes Beispiel soll diesen Standpunkt verdeutlichen: Was ist mit blauen Schneeflocken, die auf rosagelb gestreifte Steine in einer Wüste fallen? Sind Sie sich darüber im klaren, daß ein solches Bild mit der heutigen Videotechnik überhaupt kein Problem darstellt? Auch dieser Gedanke kann Gestalt annehmen. Unsere gesamte moderne Technik entwickelt sich zunehmend weiter und zeigt immer größere Möglichkeiten auf, Gedanken unbegrenzt zum Ausdruck zu bringen und auszutauschen.

Negative Energie bringt negative Manifestationen hervor. Haßerfüllte Gedanken führen beispielsweise zu zerrütteten

Beziehungen, zu Kriegen und Aufrüstung, zu allen möglichen körperlichen Krankheiten. Positive Energie bringt positive Manifestationen hervor. Liebevolle Gedanken führen zu harmonischen Organisationen, zu kooperierenden Regierungen und zur Heilung von allen möglichen Unstimmigkeiten. Es ist wirklich ganz einfach.

Die Schwierigkeit kann jedoch darin liegen, die Denkweisen zu erkennen und zu beseitigen, die zerstörerische Manifestationen hervorrufen. Aber ist das nicht der Grund, warum wir hier sind? Zu lernen, Verantwortung dafür zu übernehmen, was wir manifestieren, indem wir die Verantwortung für unser Denken übernehmen? Verstehen Sie jetzt, daß Sie selbst Ihr schlimmster Feind sein können? Warum? Weil Sie es sind, der Ihr Denken überwacht. Wer denkt Ihre Gedanken besser als Sie? Andere können Ihnen zwar Gedanken eingeben, aber Sie sind es, der diese Gedanken annimmt oder ablehnt.

Seien Sie statt dessen Ihr bester Freund. Wenn Sie feststellen, daß Sie sich mit Ihren negativen Schöpfungen unwohl fühlen und Ihr Denken ändern möchten, spüren Sie die Präsenz Ihres Stillen Meisters. Warum? Weil Ihr Unbehagen signalisiert, daß Sie wissen, daß etwas Besseres möglich ist. Ihr Stiller Meister spornt Sie immer dazu an, jede Form der Einschränkung zu überwinden und eine größere Freiheit zu erlangen. Vielleicht waren Sie bis jetzt bereit zu akzeptieren, arm oder krank zu sein oder einen Beruf auszuüben, der Ihnen nicht gefällt. Aber jetzt wissen Sie, daß Sie nichts akzeptieren müssen außer Ihrer Freiheit, außer diesem Geschenk des Universums, das erschaffen zu können, was Sie sich wünschen.

Aber wo Freiheit ist, da muß auch Verantwortung sein. Dieses Thema führt uns zum vierten Prinzip der Geisteshaltung.

4. Machen Sie sich Entschlossenheit und edle Absichten zu eigen

Jetzt kennen wir das Gesetz: Was wir denken, erschaffen wir auch. Das vierte Prinzip sagt uns, wie wir unsere Kraft unter Berücksichtigung dieses Gesetzes verantwortlich einsetzen können.

Doch zuerst soll die Rede von dem grundlegendsten Teil dieses Prinzips sein: eine Absicht und Entschlossenheit!

Seien Sie präzise

Wenn Sie sich entschließen, eine Veränderung vorzunehmen, ein Ziel zu erreichen oder in Ihrem Leben etwas Neues zu erschaffen, dann müssen Sie Ihr Vorhaben in Ihrem Bewußtsein klar und deutlich verankern. Die gedankliche Form: »Ich wünsche eine Veränderung in meinem sozialen Umfeld« wird zwar irgendwie konkrete Form annehmen, aber sie kann so verschwommen und unbestimmt sein, daß Sie diese Veränderung überhaupt nicht wahrnehmen. »Ich wünsche mir, mehr Leute kennenzulernen«, ist besser. »Ich wünsche mir, mehr Leute kennenzulernen, die sich auch für das Fliegen interessieren (oder was auch immer)«, ist noch besser. Definieren Sie das, was Sie erreichen wollen, so genau wie möglich. Wenn Sie ein Auto kaufen möchten, legen Sie ja auch das Fabrikat, das Modell, die Farbe und das gewünschte Zubehör fest. Wenn Sie Urlaub machen wollen, planen Sie genau, wohin Sie fahren wollen, wo Sie wohnen wollen, wie Sie dorthin kommen wollen, und Sie machen sich daran, alle notwendigen Vorkehrungen zu treffen. Sie sind präzise, nicht wahr? Verdienen die größeren Ziele in Ihrem Leben nicht die gleiche Sorgfalt? *Seien Sie präzise!*

Und dann stellen Sie Ihren Willen und Ihre unerschütterliche Entschlossenheit hinter Ihre Absicht.

Es hängt von Ihnen ab, entschlossen zu sein

Zum Thema Entschlossenheit muß etwas Bedauerliches gesagt werden: Sie funktioniert nur, wenn Sie es auch wirklich wollen. Angenommen, Sie haben einem Schneider, der Ihnen die Abendgarderobe für einen bestimmten Anlaß nähen soll, 1000 DM im voraus bezahlt. Dieses Ereignis ist einmalig, und die Garderobe ist nur für diesen einen Abend gedacht. Werden Sie Ihre neue Kleidung abholen, wenn es regnet? Natürlich. Werden Sie sie abholen, obwohl Sie über einen verspäteten Aufbruch wütend sind, weil Ihr Abendessen übergekocht ist? Ja. Werden Sie sie abholen, obwohl Sie feststellen, daß Ihre Straße wegen Straßenarbeiten gesperrt ist? Ja, Sie werden einen Umweg machen. Werden Sie auch dann weiterfahren, wenn der Verkehr völlig zum Erliegen gekommen ist und Sie zwei Stunden im Stau stehen müssen? Ja. Was werden Sie tun, wenn Sie bei dem Schneider angekommen sind und dieser gerade sein Geschäft geschlossen hat? Sie werden so lange an die Tür klopfen, bis er Sie einläßt.

Aber wenn Sie sich nach einer neuen Arbeit umschauen, wo bleibt dann diese Entschlossenheit, sobald Sie einige Absagen erhalten haben? Wo bleibt sie, wenn Sie mehr Absagen erhalten, als Sie erwartet hatten, und in Angst und Niedergeschlagenheit verfallen? Verdienen Ihre neuen Kleider wirklich mehr Entschlossenheit von Ihnen als *Sie selbst?*

Unbeirrbare Entschlossenheit gehört zu den wichtigsten Faktoren, wenn Sie Ihr Ziel erreichen wollen. Sie ist wichtig für das Erreichen eines jeden Ziels. Sie allein sind in der Lage, Ihre Entschlossenheit für sich einzusetzen. Und wenn Sie von Ihrer Entschlossenheit Gebrauch machen, wird diese alle anderen Faktoren, die für Ihren Erfolg notwendig sind, nach sich ziehen – die richtigen Kontakte, die richtigen Informationen, zur rechten Zeit am rechten Ort zu sein und so weiter. Entschließen Sie sich jetzt, Entschlossenheit einzusetzen!

Seien Sie ein verantwortungsbewußter Schöpfer

Der andere Aspekt dieses vierten Prinzips liegt in der hohen Absicht. Da uns für unsere Schöpfungen eine dermaßen große Freiheit zur Verfügung steht, müssen wir auch die Verantwortung dafür übernehmen, unsere Kraft konstruktiv einzusetzen.

Vergessen Sie nicht, daß Sie alles haben können, was Sie sich vorzustellen vermögen. Das trifft sogar auf jemanden zu, der einen Banküberfall plant. Dieser Plan kann Gestalt annehmen und »gelingen«, aber andere Gedanken, die die Grundlage für die Entscheidung bilden, eine Bank zu überfallen, können ebenfalls Gestalt annehmen, wie z. B.: Ich bin ein Habenichts; ich bin ein Opfer; ich habe nichts, was ich zur Gesellschaft beitragen kann, ich werde polizeilich gesucht, gejagt und verfolgt; ich bin so wertlos, arm und machtlos, ich muß stehlen, um an Geld zu kommen. Alle diese Gedanken und noch andere werden letzten Endes Gestalt annehmen, entweder in Form eines tatsächlichen Gefängnisses, oder, wenn die Verhaftung ausbleibt, in Form eines Gefängnisses aus Armut, Verzweiflung, Angst und Einsamkeit. Trotzdem hat dieser Mensch seinen freien Willen und erschafft genau das, was er gedacht hat.

Aber es liegt auf der Hand, daß dieser Mensch keine »hohe« Absicht hat.

Ihre wahren Wünsche, die Sehnsucht nach bestimmten Zielen, die wie ein Teil von Ihnen zu sein scheinen, kommen von Ihrem Stillen Meister. Aus diesem Grund ist es Ihr gutes Recht, Ihre Absicht, Ihren Willen und Ihre Entschlossenheit hinter diese Wünsche zu stellen, um sie zu manifestieren. Aber wenn Sie Zweifel haben, ob ein bestimmter Wunsch Ihrer ganzen Energie und Aufmerksamkeit wert ist, dann untersuchen Sie die Überzeugungen, die hinter diesem Wunsch stehen. Diese Überzeugungen werden Ihnen die Antwort geben.

Nehmen wir einmal an, Sie sagen, »Ich möchte gern ein neues Haus bauen.« Wir wollen zwei verschiedene Denkmöglichkeiten näher betrachten, die hinter diesem Wunsch stehen können. Zum Beispiel könnten Sie sagen, »Ich möchte ein neues Haus, weil mein Bruder ein besseres hat als ich.« Wenn das der Fall ist, machen Sie sich darauf gefaßt, daß sich einige unangenehme Gedanken manifestieren werden, die notwendigerweise Teil eines solchen Bildes sind. Es sind Gedanken wie: Ich bin wertlos. Mein Wert mißt sich daran, wie gut ich im Vergleich zu anderen stehe. Ich bin nie so gut wie ein anderer, also muß ich ständig aufholen. Meine Entscheidungen gründen sich darauf, was ich tun muß, um zu konkurrieren und nicht darauf, was ich wirklich tun möchte. Folglich treffe ich keine eigenen Entscheidungen; ich bin viel zu sehr damit beschäftigt, zu reagieren, anstatt zu agieren. Ich schätze mich nicht, darum habe ich das Bedürfnis, eifersüchtig zu sein.

Verstehen Sie, wie weitreichend ein einziger Gedanke oder Wunsch sein kann?

Andererseits sagen Sie vielleicht: »Ich will ein neues Haus, weil meine Familie und ich mehr Platz brauchen, damit jeder ungestört seine Ziele verfolgen kann, ohne die anderen zu beeinträchtigen.« Gedanken, die hinter diesem Bild stehen, könnten folgende sein: Meine Familie und ich gehen lohnenswerten Betätigungen nach. Wir respektieren individuelle Unterschiede und glauben, daß wir dem Weg unserer Wahl ungehindert folgen sollen. Wir schätzen familiäre Harmonie hoch ein. Jeder sollte genügend Freiraum haben, damit er seine Bedürfnisse befriedigen kann, während er gleichzeitig Teil einer Gruppe ist. Ein größeres Haus unterstützt unsere Fähigkeit, als Menschen zu wachsen und uns zu entfalten.

Würde es Ihnen gefallen, wenn sich diese Gedanken zusammen mit dem neuen Haus manifestieren würden? Ich denke, ja.

Ist Ihnen jetzt bewußt, warum Sie die Gedanken hinter

Ihrem Wunsch identifizieren sollten? Sie werden nicht nur Ihren Wunsch, sondern auch diese Gedanken manifestieren! Wenn Sie bei dem Visualisieren Ihres Wunsches Ruhe und Frieden empfinden, wissen Sie im großen und ganzen, daß Ihr Wunsch echt ist und von Ihrem Stillen Meister kommt. Und wenn Sie über diesen Wunsch nachdenken, werden Sie ein Gefühl haben, das dem der Liebe nicht unähnlich ist.

Wenn Sie alle Gedanken hinter einem Wunsch untersucht haben und Ihr Wunsch die Prüfung bestanden hat, setzen Sie Ihre ganze Energie daran, ihn zu manifestieren. Sie wissen jetzt, daß Sie ihn verwirklichen *können!* Sie können es. Diese Fähigkeit ist ein Geschenk des Universums an Sie. Sie ist ein Grundgesetz Ihres Seins.

5. Gewinnen Sie eine positive Einstellung

Emotionen haben schöpferische Kraft

Bisher haben wir besonderen Wert auf Vorgänge gelegt, die im »denkenden« Teil Ihres Bewußtseins stattfinden. Aber in Ihnen ist auch ein »fühlender« Teil, der Teil Ihres Bewußtseins, der Emotionen erfährt. Ihre Emotionen spielen eine bedeutende Rolle bei dem, was Sie manifestieren oder nicht manifestieren. Wenn Sie Ihre Gedanken als Samen betrachten, dann stellen Sie sich das gefühlsmäßige Umfeld als die Erde vor. Folglich müssen Ihre positiven Samen in positive Erde gesät werden, damit sie wachsen und gedeihen können. Ihre positiven Gedanken und Gefühle bringen zusammen eine *positive Einstellung* hervor. Das fünfte Prinzip der Geisteshaltung hebt die Wichtigkeit dieses Bewußtseinszustands für Ihren Erfolg hervor.

Beachten Sie, daß wir das Wort »Einstellung« fast immer

durch das Wort »Bewußtseinszustand« ersetzen können. Eine Einstellung ist eine geistige Ausrichtung und setzt sich aus Gedanken, Überzeugungen und Emotionen (Gefühlen) zusammen, die ein Verhalten ergeben. Ihr Verhalten wiederum spiegelt alle Eigenschaften Ihrer Einstellung wider. Warum? Weil das, was als Ihre Einstellung bezeichnet wird, eine schöpferische Kraft ist, die hinter Ihren Handlungen und Schöpfungen steht.

Das englische Wort für »Einstellung«, »attitude«, kommt vom französischen »attitude« = Stellung, Haltung. Das geht wiederum auf das lateinische Wurzelwort *agere* zurück, was »handeln«, »treiben«, »in Bewegung setzen« bedeutet. Die »Einstellung« geht also eigentlich auf ein Konzept des Handelns zurück. Wie zutreffend! Ihre Einstellung steht im direkten Zusammenhang mit dem, was Sie in Bewegung setzen und betreiben. Darum werden wir in diesem Abschnitt sorgfältig untersuchen, wie man diese positive Einstellung erlangen kann, die für Ihren Erfolg und Ihre Leistungsfähigkeit verantwortlich ist.

Zunächst wieder ein Bild von Ihrem Bewußtsein des Stillen Meisters:

IV

*Ihr Stiller Meister weiß,
daß er die Quelle
geistiger*, emotionaler *und
materieller Energie ist – Ihrer Energie,
die Sie ungehindert verwenden
und lenken können, um das
zu erschaffen, was Sie sich wünschen.*

Emotionen sind wie aufgeladene Batterien; sie tragen enorme Energie zu dem schöpferischen Vorgang bei, bei dem Gedanken in konkrete Formen umgewandelt werden. Ihre Emotionen sind Ihre Freunde, wenn sie Ihr schöpferisches Denken konstruktiv begleiten und unterstützen. Sie sind Ihre Feinde, wenn sie Ihre Zielvorstellungen vereiteln und mit ihnen in Konflikt stehen. Wenn Sie versuchen, in Ihrem Leben eine Veränderung herbeizuführen, oder wenn Sie ein Ziel erreichen wollen, werden Sie wahrscheinlich einige negative Gefühle ausmerzen müssen, auch wenn diese Gefühle nichts mit Ihrem Ziel zu tun haben. Vielleicht versuchen Sie, Ihren Beruf zu wechseln und denken darüber recht positiv. Aber wenn Sie zur gleichen Zeit voll Zorn und Groll wegen beispielsweise einer gescheiterten Beziehung sind, dann werden Ihre neuen gedanklichen Samen in dieser negativen emotionalen Erde nicht keimen können.

Ein wichtiger Punkt kann Ihnen helfen, Ihre Emotionen zu verstehen. Emotionen kommen nicht aus dem Nichts, sondern sie folgen Gedanken. Ihre positiven und negativen Emotionen sind das Ergebnis eines Gedankens, den Sie zuerst hatten. Wenn Sie Zorn empfinden, kann der Gedanke, der diese Emotion erzeugt hat, folgender sein: Man hat gegen mich gearbeitet. Ich wurde getäuscht. Ich kann meinen Willen nicht durchsetzen. Das Gefühl der Zuneigung kann durch folgende Gedanken hervorgerufen worden sein: Ich schätze an dieser Person ihre Ehrlichkeit. Ich möchte meine Wertschätzung mitteilen.

Doch manchmal scheinen Ihre Emotionen aus dem Nichts zu kommen, und manchmal scheinen sie im Widerspruch zu Ihrem Denken zu stehen. Vielleicht sagen Sie: »Ich denke doch so positiv über diese Situation, und trotzdem bin ich niedergeschlagen.« Was ist hier nicht in Ordnung? Wenn Gedanken Emotionen *erschaffen,* wie ist es dann möglich, Emotionen zu haben, die zu Ihrem Denken im Widerspruch stehen? Die Antwort lautet, daß Sie wahrscheinlich *unsichtbare* Gedanken haben, die jetzt Emotionen hervorbringen.

Sie haben ein Bewußtsein und ein Unterbewußtsein

Um zu verstehen, woher unsichtbare Gedanken kommen, müssen Sie sich klarmachen, daß Sie ein Bewußtsein haben (das Ihrer unmittelbaren Bewußtheit zugänglich ist) und ein Unterbewußtsein (außerhalb Ihrer unmittelbaren Bewußtheit). Sie haben Gedanken und Gefühle »unterhalb« Ihres Bewußtseins, deren Sie sich nicht bewußt sind. Trotzdem werden Sie von diesen Gedanken und Gefühlen beeinflußt. Auch wenn sie Ihnen nicht bewußt sind, sind sie wirksam.

Was ist Ihr Unterbewußtsein? Es ist einem Lagerhaus vergleichbar, in dem Ihre Erfahrungen aufbewahrt sind – Ihre Gedanken, Gefühle, Erinnerungen, die ganze Programmierung, die Sie seit Ihrer Geburt erfahren haben. Es ist wie ein Videorecorder, der Ihre ganze Lebenserfahrung verblüffend genau aufzeichnet. Es ist *un*bewußt, weil Ihr Bewußtsein nicht dafür vorgesehen ist, diesen Umfang an Informationen zu speichern. Ihr Bewußtsein ist für eine andere Aufgabe verantwortlich. Es verarbeitet lediglich die Informationen, die Sie benötigen, um im Augenblick zu funktionieren. Zum Öffnen einer Dose müssen Sie sich nicht an die Farbe Ihres Kinderbettchens erinnern (die in Ihrem Unterbewußtsein gespeichert ist).

Glücklicherweise kann sich Ihr Bewußtsein bei Ihrem Unterbewußtsein nach Informationen »erkundigen«, und die Information kann plötzlich bewußt werden. Ihr Bewußtsein ist dem Cursor auf einem Computerbildschirm vergleichbar, der dorthin geht, wohin Sie ihn setzen. »Wie hieß denn gleich das blonde Mädchen in der zweiten Klasse, das ich so gern gemocht habe?« fragen Sie sich vielleicht. Zwei Tage später fällt es Ihnen beim Geschirrspülen plötzlich wieder ein. »Warum habe ich immer das Gefühl, als würde ich malen, wenn ich Tom sehe?« Und plötzlich erinnern Sie sich, daß Tom eine verblüffende Ähnlichkeit mit einem alten Freund von Ihnen aus dem Kunstunterricht am Gymnasium hat. Beachten Sie, daß der Cursor (Ihr Bewußtsein) den Inhalt des Programms und die Funktionsweise des Computers (Ihr Gesamtbewußtsein) nicht kennen muß. Seine einzige Aufgabe besteht darin, auszuwählen und sich auszurichten.

Manchmal ist es jedoch schwierig, Informationen aus dem Unterbewußtsein zu erhalten, weil Sie nämlich nicht wissen, was dort alles gespeichert ist. Vergessen Sie nicht, daß es gemäß der Definition außerhalb Ihrer unmittelbaren Bewußtheit ist. Vielleicht wissen Sie nicht, nach welchen Informationen Sie fragen müssen. Wenn das der Fall ist, können Konflikte zwischen Ihrem Denken und Ihrem Fühlen auftreten.

Als Beispiel nehmen wir einmal an, daß Sie einen Kampfsport lernen wollen und aus diesem Grund aufhören müssen, Alkohol zu trinken. Zweifellos haben Sie eine hohe Absicht und Entschlossenheit, und bei Ihrem Training geht alles gut.

An Ihrem Arbeitsplatz hat sich nichts geändert. Aber Sie stellen fest, daß Sie jedes Mal nach einer Besprechung mit Ihrem Chef den unwiderstehlichen Wunsch verspüren, nach Hause zu gehen und zu trinken, bis Sie sich entspannt oder »high« fühlen. Trotz Ihrer besten Bemühungen und aller Willenskraft geben Sie jedes Mal diesem Drang nach, ohne den Grund dafür zu kennen. Dann sind Sie unglücklich und niedergeschlagen, was sich wiederum negativ auf Ihr Training auswirkt.

Wahrscheinlich liegt die Ursache in einer unbewußten Programmierung. Vielleicht haben Sie eine unbewußte Erinnerung daran, daß Angst in Ihrer Kindheit durch Trinken unterdrückt wurde. Unbewußt – *nicht* bewußt – erinnern Sie sich, daß man Ihnen jedes Mal, wenn Sie ängstlich, nervös oder aufgeregt waren und geweint haben, zur Beruhigung eine Flasche gegeben hat, so daß Sie mit dem Weinen aufgehört haben und Ihre Probleme gelöst waren. Um in aller Deutlichkeit einem Mißverständnis vorzubeugen: Es geht hier nicht darum, Durst zu stillen. Die Rede ist von einer Flucht vor der Angst.

In diesem Beispiel lösen die Besprechungen mit Ihrem Chef Gefühle des Unbehagens und der Angst in Ihnen aus, denen Sie nicht erfolgreich entgegentreten. Folglich setzt die alte Programmierung ein, und Sie streben wieder die gleiche Lösung an: Alkohol betäubt den Schmerz, so wie die Milch Sie vor langer Zeit getröstet hat.

In diesem Beispiel sind Sie sich dieser Programmierung keineswegs bewußt. Da bieten Sie Ihre ganze Energie auf, um das Trinken aufzugeben, und werden von unbewußten Gedanken behindert, wie Schmerzen zu lindern sind. Weil Sie sich nicht bewußt sind, was vor sich geht, können Sie die eigentliche Ursache des Problems nicht angehen. Statt dessen greifen Sie sich selbst an. »Ich bin schwach«, sagen Sie vielleicht. »Ich habe keine Kraft. Ich bin ein Versager.« Daraus ergeben sich Gefühle der Ablehnung, der Hoffnungslosigkeit und der Selbstverurteilung – alles in allem *keine* positive Einstellung. Unter diesen Umständen können Sie Ihr Ziel nicht erreichen. Sie haben einen Konflikt. Ihr Verstand sagt: »Ich möchte keinen Alkohol mehr trinken.« Ihre Gefühle sagen: »Ich fühle mich hilflos und schwach, weil ich es nicht schaffe.«

Hilfen zum Programmieren Ihres Unterbewußtseins

In diesem Fall können Sie sich an Ihr Bewußtsein des Stillen Meisters wenden. Es wirkt auf Ihr Bewußtsein und auf Ihr Unterbewußtsein ein. Erinnern Sie sich an dieses Bild Ihres Stillen Meisters:

V

*Ihr Stiller Meister verfügt
über ein uneingeschränktes Gewahrsein und
eine überragende Intelligenz und ist bereit,
Ihnen alle Einsichten,
Informationen und Anweisungen zu vermitteln,
die Sie benötigen, um Ihre Träume, Wünsche
und Ziele zu verwirklichen ...*

Machen Sie sich bewußt, daß Sie und Ihr Stiller Meister eins sind. Und mit dem schlichten *Wissen*, daß Ihnen diese unbegrenzte Bewußtheit und Intelligenz zur Verfügung stehen, können Sie um Informationen bitten, die Ihr Hindernis, was immer das sein mag, betreffen. Sie richten Ihre Bitte so, als würden Sie sich selbst eine Frage stellen, und warten darauf, daß die Antwort in Ihr Bewußtsein gelangt. Die Antwort wird auf jeden Fall kommen, gleichgültig, wie lange es dauert. Vielleicht werden Sie zu Personen, Büchern oder Situationen geführt werden, die Ihnen schließlich behilflich sind, aber Sie *werden* Ihre Antwort erhalten.

Denken Sie daran, daß Ihr Wahres Selbst seine Freiheit von geistigen und emotionalen Einschränkungen bereits kennt. Darum können Sie darauf bestehen, die Gefühle Ihres Wahren Selbst zu erfahren. Es sind stets positive Gefühle, die Sie als Ihre eigenen für sich in Anspruch nehmen können!

Ja, es gibt Gründe, warum positive Gefühle wie Freude, Optimismus, Liebe, Mitgefühl, Zuneigung, Hoffnung und Dankbarkeit Ihnen dabei helfen, Ihre Ziele zu erreichen. Diese Gefühle bringen die Präsenz Ihres Bewußtseins des Stillen Meisters hervor, und darum haben sie schöpferische Kraft. Eine positive Einstellung bedeutet, daß Sie frei sind von widersprüchlichen Gedanken und Gefühlen. Sie empfinden Freude, innere Ruhe und Selbstvertrauen, weil Sie den Erfolg *erwarten*. Sie fühlen sich stark, weil Ihnen bewußt ist, daß Sie Kraft haben, und Sie haben alle negativen Gedanken und Gefühle entfernt (oder sind dabei, sie zu entfernen), die Ihrem Ausdruck im Weg stehen.

Ihre Emotionen vermitteln Ihnen ständig ein Feedback über die Qualität Ihres Denkens. Sie können sich bewußt auf solche Gedanken konzentrieren, die Ihnen höchst angenehme Gefühle geben.

Der Umgang mit negativen Emotionen

Vielleicht denken Sie: Theoretisch gesehen ist das ja alles ganz ermutigend, aber gerade in diesem Augenblick bin ich deprimiert (oder in einem anderen negativen Gefühlszustand). Was soll ich denn jetzt tun?

Wenn Sie sich nicht wohl fühlen, bekennen Sie sich zuerst dazu, daß Sie sich nicht wohl fühlen. Das klingt vielleicht stark vereinfachend, aber Sie werden überrascht sein, wie oft Sie sich weigern zuzugeben, daß Sie wütend oder niedergeschlagen sind. Ignorierte Emotionen führen oft zu schwer verständlichen, verborgenen Manifestationen – beispielsweise bekommen Sie Kopfschmerzen, anstatt Ihre Wut auszudrücken –, und da Sie Ihre Gefühle erfolgreich unterdrücken, werden Sie sagen, daß das körperliche Symptom auf eine andere Ursache zurückzuführen sei. Machen Sie sich bewußt, daß Sie vielleicht sehr geschickt dabei geworden sind, Ihre Emotionen zu leugnen, was zu einer wahren Büchse der Pandora geführt hat, voll mit körperlichen Krankheiten, fehlgeleiteten Reaktionen, versteckten Aggressionen und unerklärlichen Gefühlsausbrüchen. (Fragen Sie sich auch, ob Sie Ihre positiven Gefühle ebenfalls leugnen. Bei dem Versuch, negative Gefühle zu verdrängen, neigen wir häufig dazu, *alle* Gefühle, also auch die positiven, zu verdrängen.)

Wenn Sie sich zu dem negativen Gefühl bekannt haben, das Sie im Augenblick empfinden, machen Sie sich bewußt, daß Ihnen drei Möglichkeiten zur Verfügung stehen. Wählen Sie die dritte Möglichkeit, und vermeiden Sie die beiden ersten.

Erste Möglichkeit: In Holz schnitzen oder in Stein meißeln

Vielleicht haben Sie einmal eine Liebesbeziehung zwischen Ihnen und einer Freundin oder einem Freund verewigt, indem Sie Ihre Namen in einen Baumstamm schnitzt oder in nassen Zement geschrieben haben. Die Idee dabei war, das Symbol dauerhaft zu machen. Wahrscheinlich haben Sie auch bereits einige negative emotionale Zustände wie Zorn, Sorge, Groll, Angst und Verdruß in Ihr Bewußtsein geschnitzt. Diese Emotionen kommen entweder aus Ihrem Bewußtsein oder aus Ihrem Unterbewußtsein. In Ihrer Selbstgerechtigkeit haben Sie sie vielleicht als berechtigt angesehen, so daß Sie sie akzeptierten und nicht loslassen wollten. Aber wen beeinträchtigen sie in Wirklichkeit? Sie verletzen doch nur Sie selbst. Als Sie diese negativen Gefühle annahmen, haben Sie vielleicht nicht gewußt, daß dies Sie letzten Endes in Ihrer Entwicklung hemmen würde.

Zweite Möglichkeit: Auf Sand schreiben

Die Indianer schufen Sandzeichnungen, obwohl sie ganz genau wußten, daß der Wind sie schließlich fortblasen würde. So beschreibe ich negative Emotionen, die beibehalten werden, bis sie aufgrund äußerer Umstände belebt oder verändert werden. Wir haben nicht beschlossen, sie zu behalten, aber ebensowenig haben wir beschlossen, sie aufzugeben. Das ist ein labiler emotionaler Zustand, weil wir uns für diese Emotionen nicht »verantwortlich« fühlen und keine konstruktiven Schritte unternehmen, um sie zu neutralisieren. Vielleicht werden diese Emotionen ohne Schwierigkeiten aufgehoben, vielleicht aber auch nicht. Doch bis zu ihrer Beseitigung sind sie negativ und hemmend.

Dritte Möglichkeit: Auf Wasser schreiben

Wir können nicht auf Wasser schreiben. Wir können nicht in Wasser schnitzen. Es liegt in der Natur des Wassers, daß es fließt. Und so sollten wir auch mit einer negativen Emotion umgehen. Wenn sie kommt, lassen Sie sie gehen. Lassen Sie sie von Ihnen wegfließen wie Wasser, das sich das Flußbett entlang bewegt. Erlauben Sie ihr nicht, in Ihrem Bewußtsein auch nur für einen Augenblick oder gar für immer zu bleiben. Geben Sie sie frei, sobald sie kommt. »Das kann ich nicht«, wenden Sie vielleicht ein. Aber Ihr Stiller Meister sagt, daß Sie es können. Gleichgültig, wie stark diese Emotion auch ist, wenn Sie sich *unverzüglich* weigern, bei ihr zu verweilen, und wenn Sie sich weigern, sich auf sie zu konzentrieren, wird sie nicht von Bestand sein. Schnelligkeit ist der Schlüssel. Handeln Sie schnell, um sie freizugeben.

Worin liegt der Unterschied zwischen diesem Freigeben und dem Verbergen einer Emotion? Sie geben zu, daß Sie sie empfinden, lassen sie aber sofort durch Sie hindurch und aus Ihnen hinaus fließen. Sie leugnen sie nicht, sondern Sie lassen sie los.

Vergessen Sie nicht, daß Ihnen negative Gefühlszustände zu einem gewissen Grad vielleicht gefallen. Seien Sie bereit zuzugeben, wenn Sie in ihnen wohltuende, vertraute Freunde gefunden haben. Vordergründig sagen Sie vielleicht, daß es keinen Spaß macht, wütend zu sein. Aber sind Sie sich wirklich sicher? Sind Sie sich sicher, daß es Ihnen keine Befriedigung verschafft wie z. B.: Wenn ich wütend bin, genieße ich das Gefühl, »recht« zu haben. Wenn ich niedergeschlagen bin, schenkt mein Ehemann mir mehr Beachtung. (Das Manipulieren anderer mit negativen Gefühlen bezeichne ich als emotionale Erpressung.)

Positive Emotionen kommen von Ihrem Wahren Selbst

Wenn Sie jedoch feststellen, daß Sie sich mit Ihren negativen Emotionen immer unbehaglicher fühlen, daß Sie störende Ablenkungen von der kleinen Flamme der inneren Ruhe und des Wohlbefindens sind, die in Ihnen zu brennen beginnt, wenn Sie feststellen, daß Sie das Gefühl der Selbstachtung hegen möchten, auch wenn es noch so zart und im Verborgenen ist, wenn Sie feststellen, daß Sie in Ihrem Innern glücklich sein wollen, wenn Sie das wirklich sein wollen, dann spüren Sie Ihren Stillen Meister. Dann sind Sie ihm bereits begegnet. Dann wissen Sie, daß diese Manifestation eines wahren Gefühls sich in ein Gesamtbewußtsein von Liebe, Friedens, Harmonie und schöpferischer Kraft entfalten wird.

Sie müssen lediglich diese sich entfaltende Kraft nutzbar machen, sie festhalten und sich entwickeln lassen. Dann arbeiten Sie bewußt daran, Ihre negativen Gefühlsmuster durch Gefühle zu ersetzen, die Ihr Ziel, was immer das sein mag, unterstützen. Haben Sie schon einmal gehört, daß nichts so erfolgreich ist wie der Erfolg? So ist es. Jedes echte Gefühl weitet sich aus und erschafft andere positive Gefühle. Halten Sie diese Kraft fest. Weil Ihr Stiller Meister das Bewußtsein der Liebe ist, und weil Sie Ihr Stiller Meister sind, lieben Sie sich selbst! Heben Sie sich mit Entschlossenheit und ganzem Engagement aus Ihren negativen Gefühlsmustern empor.

Denken Sie daran:

VI

*Ihr Stiller Meister drückt
Vollkommenheit, Erfüllung,
Harmonie, Frieden, Glück und
Liebe aus und verleiht
diese Eigenschaften
allem, was er erschafft.*

KAPITEL 3

DIE DREI WERKZEUGE DES JUNG SUWON-KRIEGERS

Sobald Sie anfangen, die beschriebenen fünf Prinzipien der Geisteshaltung zu praktizieren, sind Sie ein Krieger im Sinne des Jung SuWon. Mit ihrer Hilfe können Sie die sieben grundlegenden Prinzipien der inneren Kraft – die Schlüssel zu kreativem Denken – anwenden, die im nächsten Kapitel behandelt werden.

So wie ein traditioneller Krieger seinem Beruf dienliche Hilfsmittel und Waffen trägt, werden jetzt die drei Werkzeuge vorgestellt, die Sie Ihre ganze Jung SuWon-Schulung hindurch begleiten werden.

GLEICHGEWICHT – BEWUSSTHEIT – VISUALISIERUNG

Das Wissen vom Gleichgewicht ist Ihre Rüstung, mit der Sie sich furchtlos durch jede Erfahrung, die das Leben Ihnen bringt, bewegen können. Die Bewußtheit ist der Schild, mit dem Sie alles, was Sie nicht brauchen oder wollen, abwehren können. Die Visualisierung ist das Schwert, mit dem Sie abgenutzte, überholte und negative Formen zerschneiden können, um Platz für neue zu schaffen.

1. Gleichgewicht

Einheit durch Polarität: Yin und Yang

Was hält die Atome dieses Buches zusammen? Was hindert sie daran, auseinanderzufliegen und dieses Buch aufzulösen? Um es in den einfachsten Begriffen der klassischen Physik auszudrücken: Die Atome dieses Buches unterliegen der polarisierten Kraft von positiv geladenen Protonen einerseits und negativ geladenen Elektronen andererseits. Jeder Atomkern enthält eine positive Ladung. Und diese positive Ladung wird durch die entsprechende negative Ladung in den Elektronen ausgeglichen, die den Kern umkreisen. Dadurch ist jedes Atom in sich verbunden und stabil.

Es handelt sich hierbei um ein bedeutendes, grundlegendes Prinzip des Universums, das sich in der Natur manifestiert: Einheit durch Polarität. Dieses Prinzip wird in der östlichen Philosophie einschließlich des Jung SuWon durch das Yin-Yang-Symbol folgendermaßen bildlich dargestellt:

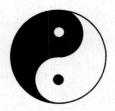

Mit diesem Symbol wird das Wesen der Lebenskraft des Universums und von allem, was sie hervorbringt, beschrieben. Es ist das Symbol der Einheit und der in Wechselbeziehung zueinander stehenden gesamten Schöpfung.

Der Kreis als Ganzes sagt uns auch, daß die universelle Lebenskraft durch zwei gleichwertige und gegensätzliche Kräfte wirkt, die sich in irgendeiner Form auf allen Ebenen unserer Lebenserfahrung manifestieren. Das bedeutet, daß wir die Manifestationen der Yin- und Yang-Kräfte geistig, materiell, seelisch und physisch erfahren. Diese Kräfte sind in der ganzen materiellen Welt wirksam.

Die weiße Hälfte des Kreises stellt die Yang-Kraft dar und die schwarze Hälfte die Yin-Kraft. Beachten Sie, daß sie zwar gleichwertig und gegensätzlich, aber trotzdem unveränderlich als *Einheit* miteinander verbunden sind. Sie existieren nicht unabhängig voneinander – und können es auch nicht. Beachten Sie auch, daß ein Teil der Yin-Kraft in der Yang-Kraft enthalten ist, was durch einen kleinen schwarzen Kreis in dem weißen Feld dargestellt wird, und umgekehrt. Wir werden später erfahren, daß dies von großer Bedeutung ist.

Zunächst sollen einige Eigenschaften und Konzepte aufgeführt werden, die von diesen zwei Kräften manifestiert werden, um zu veranschaulichen, wie sie sich voneinander unterscheiden. Danach wird aufgezeigt, wie sie in ergänzender Weise ineinander verschmelzen und harmonisieren.

Yang	*Yin*
Männlich	Weiblich
Kreativ (gebend)	Rezeptiv (empfangend)
Aggressiv	Passiv
Stark	Schwach
Himmel	Erde
Weiß	Schwarz
Heiß	Kalt
Licht (strahlend)	Dunkelheit (absorbierend)
Energisch	Gefügig
Tag	Nacht
Offen	Verborgen
Zunahme	Abnahme
Fülle	Leere

Man kann sagen, daß diese Eigenschaften und Konzepte bis zu einem gewissen Grad gegensätzlicher Natur sind. Aber man sollte sie nicht als Gegensatzpaare betrachten, sondern eher als sich gegenseitig verursachend. Dies geschieht auf zweierlei Weise. Erstens kann von der Fülle gesagt werden, daß sie das Konzept der Leere hervorruft, weil Fülle aufgrund einer Definition zwangsläufig etwas bedeutet, was *nicht leer* ist. In dieser Hinsicht erzeugt die Fülle automatisch den Begriff der Leere. Wenn Sie die Liste durchgehen, werden Sie erkennen, daß dieser Sachverhalt auch auf alle anderen Wörter zutrifft.

Aber diese Eigenschaften rufen sich noch in einer anderen Weise gegenseitig hervor. Ist Ihnen bei dem Yin-Yang-Symbol aufgefallen, daß das schwarze Feld immer größer wird, bis es schließlich in den kleinen weißen Bereich »hineinfließt«? Dann wird das weiße Feld größer und fließt in den kleinen schwarzen Teil hinein. Das bedeutet, daß die Yang-Kraft zunimmt, bis sie schließlich einen Punkt erreicht, an dem eine weitere Zunahme nicht mehr möglich ist, und daraufhin Yin »wird«.

Ein Beispiel soll die Funktionsweise von Yin und Yang in Ihrem Körper erläutern. Es ist Ihnen bewußt, daß Sie eine Zeitlang voll Energie und aktiv sind (Yang nimmt zu), aber an einem bestimmten Punkt müssen Sie Ihrer Energie erlauben, sich in Entspannung und Ruhe *zu verwandeln*. Entspannt und ruhig zu sein ist der Yin-Zustand, und wenn dieser Zustand abgeschlossen ist, fließt er in den Yang-Zustand hinein, und Sie sind wieder aktiv. Die Yin- und Yang-Zustände halten Ihre Energie im *Gleichgewicht,* damit Sie sich nicht überanstrengen, aber auch nicht übermäßig passiv sind.

Man kann Aktivität und Ruhe als Gegensätze betrachten, aber es ist präziser zu sagen, daß sie sich gegenseitig verursachen, sich ineinander verwandeln, sich gegenseitig ergänzen und für Harmonie und Gleichgewicht sorgen.

Demgemäß symbolisiert der weiße Punkt im schwarzen Yang-Feld, daß die Yin-Kraft den »Samen« der Yang-Kraft in sich trägt, damit sich Yin zur rechten Zeit in Yang verwandelt. Ebenso hat die Yang-Kraft den Samen der Yin-Kraft in sich und wird schließlich Yin werden.

Denken Sie jetzt nochmals über das folgende Bild des Stillen Meisters nach:

II

*Ihr Bewußtsein des Stillen Meisters
ist aus der unermeßlichen
Lebenskraft hervorgegangen, die das Universum
erschafft und belebt. Sie existieren als
ein Teil des Universums, und folglich
ist es die Lebenskraft, die Sie
erschafft und belebt. Es ist
die Kraft, die Ihr Herz zum Schlagen bringt.
Weil Sie dieses Bewußtsein sind,
haben Sie auch all die Eigenschaften,
die die Lebenskraft hat.*

Das Bewußtsein drückt Eigenschaften von Yin und Yang aus

Da das Yin-Yang-Symbol die universelle Lebenskraft beschreibt, beschreibt es auch Ihr Bewußtsein des Stillen Meisters, in dem alle Eigenschaften, das ganze Potential von Yin und Yang, vorhanden sind. Sie haben die Fähigkeit, beide Kräfte zur gegebenen Zeit zum Ausdruck zu bringen, um in allen Situationen das Gleichgewicht zu wahren. Ein Mann wird als biologischer Ausdruck der Yang-Kraft dazu neigen, die ihr zugeordneten starken, »aggressiven« Eigenschaften zu manifestieren. Aber wenn er sich in einem ausgeglichenen Gemütszustand befindet, ist auch er fähig, die empfangenden, gefügigen Eigenschaften der weiblichen Yin-Kraft auszudrücken.

Ihr Wahres Selbst befindet sich im vollkommenen Gleichgewicht der Yin- und Yang-Eigenschaften, und echte Freiheit ist die Freiheit, die Eigenschaften beider Kräfte zum Ausdruck zu bringen. Trotzdem schrecken viele davor zurück, die dem anderen Geschlecht zugeordneten Eigenschaften auszudrücken. In den meisten Kulturen werden viele Yang-Eigenschaften der männlichen Rolle und viele Yin-Eigenschaften der weiblichen Rolle zugeschrieben. Aber trotzdem hat zum Beispiel ein Mann das Recht, in einer Auseinandersetzung am Arbeitsplatz das ruhige, empfangende Feingefühl des weiblichen Yin-Zustandes zum Ausdruck zu bringen, ohne als »schwach« bezeichnet zu werden, so wie eine Frau das Recht hat, die durchdringende, aggressive Kraft der männlichen Yang-Kraft auszudrücken, ohne zum »Drachen« gestempelt zu werden. Der Schlüssel liegt stets im angemessenen Verhalten.

Ihr Bewußtsein des Stillen Meisters weiß, wann eine Yin- oder Yang-Handlung erforderlich ist, um in allen Situationen ein Gleichgewicht herzustellen. Zum angemessenen Handeln ist es also notwendig, die Eigenschaften von beiden Kräften zu fördern. Im nächsten Abschnitt wird ausführlicher davon die Rede sein, wie Sie Ihr Bewußtsein des Stillen Meisters anzapfen können, um zu rechtem Handeln zu finden.

Das Wirken von Yin und Yang manifestiert sich vielleicht am deutlichsten in Form des *Wandels*. Die Bewegung dieser beiden Kräfte in der Welt zeigt sich in den Rhythmen des Wandels von Tag und Nacht, Ebbe und Flut, der Jahreszeiten, von Geburt und Tod, Tod und Wiedergeburt, Säen und Ernten.

Auch in unserem Körper finden Rhythmen des Wandels statt. Es wurde viel über den Biorhythmus, Perioden von erhöhter und verminderter Energie, geschrieben, der Einfluß auf unsere Gesundheit und unsere Stimmung ausübt. Aufgrund verschiedener Untersuchungen wurden sogar teilweise die Arbeitszeiten dahingehend geändert, daß sie mit diesem Rhythmus im Einklang stehen. Und es gibt Rhythmen des Wandels in unserem Leben. Wenn Sie sich genauer umsehen, werden Sie erkennen, daß den Zeiten des Fortschritts Stagnation folgt, der sich wiederum ein Wachstum anschließt, daß dem Wohlstand Zeiten des Mangels folgen, gefolgt von Überfluß, daß der Freude Kummer folgt, gefolgt von Glück und so weiter.

Das Gleichgewicht wahren durch den Fluß von Yin und Yang

Warum ist das Wissen von Gleichgewicht und Wandel ein Werkzeug? Weil Sie einschränkende oder negative Zustände nicht mehr als beständig oder als endgültig hinnehmen, wenn Sie wissen, daß es Zyklen des Wandels gibt. Es spielt keine Rolle, wo Sie sich in einem Zyklus befinden, denn der Samen für den nächsten Zustand ist bereits vorhanden.

Jedoch bedeutet das Vorhandensein dieses Samens nicht, daß er immer zwangsläufig aufgehen wird. Im Zyklus des Säens und des Erntens beispielsweise erfolgt die Ernte nicht automatisch. Der Bauer muß das Land bearbeiten, die Samen streuen und das Wasser zur Verfügung stellen. Wenn Sie sich eine Veränderung wünschen, müssen Sie eine *Wahl* treffen und Ihre Entscheidung mit angemessenen Handlungen unterstützen, um diese Veränderung herbeizuführen.

Es ist einfach, einen ungünstigen Zustand in einen günstigen verändern zu wollen, und es ist einfach, die entsprechende Entscheidung zu treffen. Aber wie sieht es aus, wenn ein günstiger Zustand in einen ungünstigen übergeht, und das nicht Ihren Wünschen entspricht? Das Wissen von Gleichgewicht und Wandel ist auch hier ein Werkzeug, denn es hilft Ihnen, Ihre Perspektive nicht zu verlieren, wenn Veränderungen auftreten, die Sie nicht erwartet hatten. Zum Beispiel wissen Sie jetzt, daß Zeiten des Wachstums und der Fülle den Samen des Rückgangs und der Leere in sich tragen und daß Sie in Zeiten des Überflusses gewisse Anzeichen für den Rückgang feststellen können. Aber Sie wissen auch, daß mit diesem Rückgang naturgemäß der Samen für neues Wachstum vorhanden ist, das dafür bestimmt ist, Ihnen noch mehr zu geben, als Sie zuvor hatten. Rückgang und Mangel sind nicht unbedingt negative Zustände. Sie können einem Zweck dienen, nämlich Ihnen das wegzunehmen, was Ihnen zur Steigerung Ihres Wohls im Weg steht.

Demzufolge gibt es ein weiteres Gesetz, das mit diesen Gesetzen des Wandels verknüpft ist: unaufhörlicher Fortschritt. Dieses Gesetz besagt, daß der ganze Zweck des Wandels, der ganze Zweck der fortwährenden Zyklen von Yin und Yang darin liegt, Sie weiterzubringen, Sie wachsen zu lassen, Ihnen mehr von dem zu geben, was Sie zu einem besseren Ausdruck Ihres Wahren Selbst führt.

Ihr Bewußtsein des Stillen Meisters fordert Sie also auf, eine Einstellung des Loslassens einzunehmen. Sie brauchen sich nicht an positive oder negative Zustände zu klammern, als würden diese für alle Zeiten andauern. Lassen Sie statt dessen zu, daß der Fluß von Yin nach Yang und nach Yin Sie zu einer harmonischen, ausgeglichenen, fortschreitenden Veränderung führt. Fürchten Sie sich niemals vor Veränderungen. Indem Sie loslassen und auf Ihren Stillen Meister hören, wird sich jede Veränderung zu Ihrem Vorteil erweisen. Das ist der Sinn des Wandels und der Sinn des Lebens.

2. Bewußtheit

Die Stimme des Stillen Meisters

Wie bereits erwähnt, weiß Ihr Bewußtsein des Stillen Meisters, wann eine Yin- oder eine Yang-Handlung zur Herstellung des Gleichgewichts erforderlich ist. Trotzdem stellen wir häufig fest, daß wir den falschen Schritt tun und eine Unstimmigkeit verschlimmern, anstatt sie zu beheben. Vielleicht kennen Sie sogar Situationen, in denen Sie gesagt haben: »Wenn ich doch bloß auf mich gehört hätte, hätte ich das nicht getan.«

Da hatten Sie wohl recht. Vielleicht waren Sie sich dessen nicht bewußt, aber das Bewußtsein des Stillen Meisters spricht manchmal sehr leise zu Ihnen – über das, was wir als *Intuition* bezeichnen.

Eine Intuition ist eine Eingebung, etwas zu sagen oder zu tun, etwas, das plötzlich in Ihrem Bewußtsein auftaucht. Im allgemeinen hat man bei einer Intuition den Eindruck, daß es die richtige Entscheidung ist, und man empfindet dabei eine heitere Gemütsruhe oder eine friedliche Entschlossenheit (auch wenn Sie vielleicht gar nicht der ursprünglichen Absicht entspricht). Es können sehr verschwommene Gedanken sein, als wären es eigentlich nicht Ihre eigenen. Aber sie sind es. Diese innere »Stimme« ist Ihr inneres Wissen. Es ist das Wissen Ihres Stillen Meisters, und er versucht, mit seiner Wahrheit in Ihr Bewußtsein zu dringen. Er spricht nicht unbedingt leise. Es scheint nur der Fall zu sein, weil Ihre Gedanken und Emotionen an der Oberfläche so lautstark nach Aufmerksamkeit verlangen. Wenn Sie immer die Anweisungen Ihres Stillen Meisters wahrnehmen könnten, würden Sie zweifellos die richtigen Maßnahmen zur richtigen Zeit treffen. Wie können Sie sich also dieser äußerst intelligenten leisen Stimme mehr und mehr bewußt werden?

Im Idealfall sollte Ihr Bewußtsein wie ein stiller See sein.

Licht durchdringt mühelos einen stillen See, und Sie können geradewegs in ihn hineinsehen. Er ist dann sehr klar. Aber wenn Wind aufkommt und das Wasser aufgewühlt wird, oder wenn das Wasser verunreinigt ist, können Sie nicht deutlich erkennen, was in dem See ist. Wie können Sie also erreichen, daß Ihr Geist wie ein stiller, klarer See ist, ungestört von stürmischen Gedanken an der Oberfläche, frei von verunreinigenden Emotionen, so daß das Licht Ihres Bewußtseins des Stillen Meisters mühelos in Ihre Aufmerksamkeit gelangen kann?

Wie Sie Ihren Stillen Meister hören können

Der erste Schritt besteht darin, die Fähigkeit des Loslassens zu entwickeln, wie im vorherigen Abschnitt erörtert, und keinen Zustand als dauerhaft anzusehen oder sich daran zu klammern. So wie ein Fluß klar bleibt, wenn er ständig in Bewegung ist, so können Sie negative Gedanken und Emotionen so schnell weiterfließen lassen, wie sie gekommen sind. Dafür ist Mut erforderlich, aber seien Sie nicht ängstlich. Wenn Sie Ihre Gedanken und Emotionen frei kommen und gehen lassen können, halten Sie Ihren Geist makellos sauber von behindernden geistigen Abfällen. Wie sollen Sie denn auch Ihren Stillen Meister im gegenwärtigen Augenblick hören können, wenn Ihr Geist mit dem Groll von gestern beschäftigt ist oder mit der Panik des heutigen Tages oder mit den Erwartungen an den morgigen Tag oder mit Angst, Sorge und Zorn?

Dies führt uns zum zweiten Schritt: Im JETZT leben. Ihr Stiller Meister spricht immer im gegenwärtigen Augenblick zu Ihnen, weil es nur das *Jetzt* gibt. Demgemäß ist das *Jetzt* da, wo die Wirklichkeit ist, und das *Jetzt* ist da, wo der schöpferische Augenblick ist.

Warum liegt der einzige schöpferische Augenblick im Jetzt?

Wenn es gestern war, haben Sie es als *jetzt* erfahren. Wenn Sie es morgen erleben, wird es *jetzt* sein. Dieser Augenblick und jeder Augenblick, der folgt, findet im *Jetzt* statt. Es ist niemals morgen oder gestern. Was denken Sie jetzt gerade? Welche Gedanken und Gefühle haben Sie jetzt gerade? Was immer es auch ist, sie sind in diesem gegenwärtigen Augenblick da und auf dem Weg, sich zu manifestieren.

Der Schlüssel dazu, Ihren Stillen Meister zu hören und Harmonie in Ihr ganzes Leben zu bringen, ist, *immer im gegenwärtigen Augenblick zu leben.* Tun Sie das? Seien Sie nicht überrascht, wenn Sie bei der Untersuchung Ihrer Denkgewohnheiten feststellen, daß Sie niemals oder selten im gegenwärtigen Augenblick gelebt haben. Wie oft sind Sie im Jetzt mit Ihrem Denken ganz woanders und machen sich Gedanken oder Sorgen über Dinge, die gerade geschehen sind oder geschehen werden? Spielt Ihr geistiger Videorecorder ständig Bilder aus der Vergangenheit und von den Belangen der Zukunft? Wenn ja, dann geben Sie damit Ihre schöpferische Kraft im gegenwärtigen Augenblick auf.

Bewußtheit ist nur im Jetzt möglich

Echte Bewußtheit bedeutet, unmittelbar da zu sein, wo Sie sind, gerade jetzt, ohne Angst, Sorge oder Besessenheit um Künftiges oder Vergangenes. Wenn Ihnen das gelingt, geschieht etwas Wunderbares. Wenn Ihre Aufmerksamkeit auf das Hier und Jetzt gerichtet ist, werden Sie nicht abgelenkt. Sie merken, daß Ihr Geist ganz ruhig wird. Und wenn das eintritt, »hören« Sie Ihren Stillen Meister ganz deutlich. Sie nehmen alles um sich herum deutlich wahr. Sie stellen fest, daß Sie wissen, was zu tun ist – jetzt, zehn Minuten von jetzt an oder morgen. Die Folge davon ist, daß Sie sich durchweg zur rechten Zeit am rechten Ort wiederfinden. Warum? Indem Sie im gegenwärtigen Augenblick leben, überlassen Sie sich der höheren Intelligenz Ihres Stillen Meisters, der höheren Intelligenz des Lebens an sich. In diesem Zustand des Zuhörens nehmen Sie von Augenblick zu Augenblick seine Eingebungen wahr und reagieren darauf. Er »führt« Sie. Man kann auch sagen, daß Sie und Ihr Stiller Meister sich als Einheit bewegen.

»Ich muß aber Pläne machen«, sagen Sie vielleicht. »Ich muß darüber nachdenken, was ich in zehn Minuten oder morgen tun werde, denn sonst wird nichts geschehen.« Nun, Sie sollen auch Pläne machen. Sie hören niemals auf zu denken, aber seien Sie wachsam und halten Sie sich für neue Ideen offen, die Ihre Pläne verändern könnten. Es geht darum, sich seiner Gedanken in jedem Augenblick *bewußt* zu sein, weil sich alles manifestieren wird, was Sie jetzt denken. Es ist also von Wichtigkeit, daß Sie alles, was Sie nicht wollen, von Ihrem auf den Augenblick gerichteten Bewußtsein fernhalten. Wie soll Ihnen das gelingen, wenn Sie nicht auf das Hier und Jetzt ausgerichtet sind?

Wenn Sie Kontrolle über den gegenwärtigen Augenblick gewinnen können, übernehmen Sie die intelligente Kontrolle über Ihr Leben.

3. Visualisierung

Als ich als junges Mädchen in Korea lebte, war ich von einer Blume bezaubert, die nur nachts erblühte. Dieser Eigenschaft entsprechend wurden diese Blumen denn auch Mondblumen genannt. Wenn ich nachts im Garten saß und beobachtete, wie sie sich öffneten, war ich immer wieder verblüfft, daß ihre Farbe sogar im Mondlicht so wunderschön war. Ich weiß noch, daß ich den Gedanken hatte, daß unsere Vorstellungen von Farben bestimmt aus der Natur kommen. Ich dachte daran, wie oft Menschen Blumen oder einen schönen Sonnenuntergang betrachten und diese Farben irgendwie in der Kunst, bei Kleidungsstoffen oder wo auch immer imitieren wollen. Ist es nicht interessant, daß die Reinheit der Natur, ihre ursprüngliche Schönheit uns inspiriert, sie einzufangen und zu kopieren? Sicherlich ist dies eine Form der Visualisierung: das, was wir in der Welt um uns herum sehen, auf eine darstellende Weise wiederzugeben.

Im Vergleich zu Mondblumen und Sonnenuntergängen sind Ideen völlig unsichtbar. Trotzdem sind sie genauso real und genauso inspirierend! Sind wir nicht über eine neue Idee genauso aufgeregt wie über etwas Seltenes und Schönes, das wir in der Natur erleben? Wenn wir echte Ideen erfahren, fühlen wir uns gleichermaßen spontan angetrieben, ihre Schönheit in materieller Form festzuhalten.

Ideen bringen Bilder hervor

Denken Sie an folgendes Bild von Ihrem Bewußtsein des Stillen Meisters:

I

———————————

Ihr Stiller Meister ist Ihr
Wahres Selbst, Ihr ursprüngliches Selbst.
Er drückt sich durch
Ihr Denken, durch wahre
Ideen und Gedanken in Ihrem
Geist aus ...

———————————

Diese Ideen sind die erste, ursprüngliche Quelle von allem, was sich in sichtbarer Form manifestiert. Tatsächlich leitet sich das Wort »Idee« aus einem griechischen Wurzelwort ab, das »sehen« bedeutet. In einer Idee ist also automatisch der Begriff der Sichtbarkeit enthalten. So sagt man beispielsweise im Englischen gewöhnlich »I see« (Ich sehe), wenn man eine Idee verstanden hat. In unserem Universum verwandeln wir Ideen in materielle Form. Die Visualisierung ist ein mächtiges Hilfsmittel dafür.

Bei der Visualisierung wird ein *geistiges Bild* erstellt, und dieser Vorgang, in unserem Geist ein Bild zu erstellen, wird als Imagination bezeichnet (etwas, das den meisten Menschen verhältnismäßig leicht fällt).

Das Wort »Imagination« kommt vom lateinischen Wort *imago,* das »Bild«, »Abbild« bedeutet. Wenn wir also ein geistiges Bild schaffen, dann stellen wir ein Abbild von etwas her. Dieses andere ist eine Idee. Alle Bilder, ob Sie sie nun außerhalb von Ihnen selbst sehen oder vor Ihrem geistigen Auge, sind sichtbare Abbilder einer Idee.

Ideen und Bilder nehmen konkrete Gestalt an

Als Beispiel soll die einfache Idee von »Zufriedenheit« dienen. Bei der Verwandlung dieser Idee in eine konkrete Gestalt können wir sehr kreativ sein. Welche Bilder fallen Ihnen dazu ein? Ein Sessel? Ein Haus oder ein Auto? Eine Person? Ein Ort oder eine Gegend? Eine bestimmte Kleidung? Ein Bankkonto mit einem bestimmten Betrag? Zweifellos kann Zufriedenheit viele sichtbare Formen annehmen. (Denken Sie daran, daß wir über echte Zufriedenheit sprechen und nicht über die verzerrte Bedeutung von Zufriedenheit, die empfunden wird, wenn man beispielsweise Drogen konsumiert, um der Wirklichkeit zu entfliehen.)

Angenommen, jemand sieht sich um und sagt: »Ich bin nicht zufrieden, weil mir bestimmte Dinge im Leben fehlen.« Gehen wir zu der ersten Frage zurück: Wer bin ich? Diese Person hat geantwortet: »Ich bin nicht zufrieden.«

Welch eine seltsame und widersprüchliche Aussage! In der Äußerung dieses negativen Zustandes hat diese Person die mögliche Existenz von etwas Positivem bejaht. Sie hat gesagt: »Ich bin nicht *zufrieden*«, was bedeutet, daß sie die Idee von Zufriedenheit kennt. Und wenn sie es weiß, kann sie es auch haben. Das trifft auf jede Idee zu. Wenn Sie etwas denken können, können Sie es auch haben. Vielleicht sind einige geistige und emotionale Veränderungen notwendig, an denen Sie schwer arbeiten müssen, um es zu manifestieren. Aber Sie können es haben.

Mit diesem Beispiel will ich verdeutlichen, daß Sie sich meistens in dieser negativen Form äußern. Erklärungen wie: Ich bin finanziell nicht gesichert; Ich bin nicht glücklich; Ich bin nicht gesund; sagen aus, daß Sie eine Vorstellung von finanzieller Sicherheit, Glück und Gesundheit haben. Wenn diese Vorstellungen also keine sichtbare, greifbare Form angenommen haben, haben Sie vielleicht nicht von Ihrer Macht der Visualisierung Gebrauch gemacht, um deren Manifestation zu unterstützen.

Kommen wir auf die Person zurück, die sagt: »Ich bin nicht zufrieden.« Sie geht einer Beschäftigung nach, die ihr nicht gefällt und für die sie unterbezahlt wird. Sie wohnt in einem Appartement, das viel zu klein und unzulänglich möbliert ist, weil sie sich nichts Besseres leisten kann. Sie macht Schulden, weil ihr Einkommen nicht ausreicht. Wenn man sie auffordert, daß sie sich in allen Einzelheiten vorstellen soll, einer Arbeit nachzugehen, die ihr gefällt, in einem geräumigen Appartement oder in einer Wohnung zu leben und so viel Geld zur Verfügung zu haben, wie sie benötigt, wird sie vielleicht wütend und entgegnet, daß dies unmögliche Tagträumereien seien. »Sieh doch den Tatsachen ins Auge. Ich muß realistisch sein.«

Doch »realistisch« sein bedeutet zu wissen, daß alle sichtbaren Manifestationen den Ideen und Bildern folgen, die Sie in Ihrem Bewußtsein geformt haben.

Betrachten Sie nochmals dieses Bild:

III

Ihr Bewußtsein des Stillen Meisters
weiß, daß es seinem Wesen nach
immateriell ist, aber es nimmt auch Gestalt an
(manifestiert sich) in Form
Ihres physischen Körpers
und der materiellen
Welt um Sie herum.
Folglich können Sie von sich sagen,
daß Sie immateriell (geistig) und
gleichzeitig
materiell (physisch) sind.

Wirkungsvolles Visualisieren

Das Praktizieren der kreativen Visualisierung ist weder müßige Tagträumerei noch Wunschdenken. Man kann zwar sagen, daß es dem Träumen ähnlich ist, aber es geht darüber hinaus. Es ist ein konzentriertes Sich-Vorstellen, wobei die Kraft Ihres Willens und Ihrer Beharrlichkeit dahintersteht. Es ist eine immaterielle Tätigkeit, die zuerst als geistiges Bild und später als materielles Bild Gestalt annimmt.

Visualisierung ist der erste Schritt, um Ihre hohen Absichten und Ihre Entschlossenheit zu manifestieren (das vierte Prinzip der Geisteshaltung). Deshalb müssen Sie Verantwortung walten lassen in dem, was Sie sich vorstellen. Es ist die gleiche Verantwortung, von der Sie auch Gebrauch machen, wenn Sie Ihre hohen Absichten und Ihre Entschlossenheit entwickeln.

Die geistigen Bilder, die Sie sich vorstellen, müssen das, was Sie erschaffen wollen, vollkommen unterstützen und sollten in allen Einzelheiten und so klar wie möglich visualisiert werden. Wenn Sie den Bildern, die im Widerspruch zu Ihrem Ziel stehen, gleich viel Zeit geben, entspräche das dem Versuch, ein Loch zu graben und es gleichzeitig wieder aufzufüllen.

Leider haben viele von uns die Angewohnheit, sich in ihrem Geist alle möglichen negativen Bilder auszumalen. Aber jetzt, da Sie wissen, daß Visualisierung einen bedeutenden Teil des schöpferischen Prozesses bildet, nutzen Sie dieses wundervolle Werkzeug, um für das Erreichen Ihrer Ziele an Kraft zu gewinnen! Dulden Sie nur solche Bilder in Ihrem Bewußtsein, die Sie und andere unterstützen, und Sie werden sehen, wie schnell sich die Dinge ändern.

Wenn sich Ihre Ideen von denen aller anderen unterscheiden, bedeutet das nicht zwangsläufig, daß Sie unrecht haben. Viele Blumen öffnen ihre Blüten am Tage und schließen sie nachts. Die Mondblume bildet eine Ausnahme. Wir können sicher nicht sagen, daß sie »unrecht« hat, nur weil sie im Mondlicht erblüht.

Gerüstet mit diesen drei Werkzeugen – dem Wissen um Gleichgewicht, Bewußtheit und Visualisierung – gehen wir weiter zu den sieben Prinzipien der inneren Kraft.

KAPITEL 4

DAS EINSWERDEN MIT IHREM STILLEN MEISTER

Sieben Stufen zur inneren Kraft

Ihr Bewußtsein des Stillen Meisters ist bereits ein Teil von Ihnen. Um seine Kraft und Intelligenz in Anspruch nehmen und um mit Ihrem Stillen Meister eins werden zu können, müssen Sie sich mit ihm identifizieren. Zum besseren Verständnis können Sie sich Ihren Stillen Meister als eine bestimmte »Frequenz« Ihres Bewußtseins vorstellen, auf die sich Ihr Geist einstellen kann.

Es folgt nochmals ein Bild des Stillen Meisters, das Sie zum Nachdenken anregen soll:

IV

---

*Ihr Stiller Meister weiß,
daß er die Quelle ...
Ihrer Energie (ist), die Sie ungehindert
verwenden und lenken können, um das
zu erschaffen, was Sie sich wünschen.
Folglich sind Sie ein Mitschöpfer
und arbeiten mit der Lebenskraft des Universums
zusammen, um sich und die Welt
um Sie herum zu formen.*

Wenn Sie sich also auf Ihr Bewußtsein des Stillen Meisters einstimmen, verbinden Sie sich mit der Quelle einer höheren schöpferischen Kraft. Aber wie können Sie das erreichen? Wie können Sie sich mit dem Stillen Meister in Ihnen selbst identifizieren, damit er Ihr »Ich« wird?

Indem Sie denken, was er denkt.

In diesem Kapitel stelle ich sieben Prinzipien vor, sieben Eigenschaften, die Ihnen dabei helfen, Ihr Bewußtsein auf das Bewußtsein des Stillen Meisters einzustimmen und sich ihm zu öffnen. Sie müssen nicht nach Kraft ringen. Sowie Sie die sieben Prinzipien zu praktizieren beginnen, wird sich Ihre schöpferische Kraft automatisch offenbaren und entfalten, weil diese Prinzipien Sie dazu veranlassen werden, wie Ihr Stiller Meister zu denken.

Ich stelle die Prinzipien in dieser bestimmten Reihenfolge vor, weil jedes einzelne Ihnen hilft, das nächste zu entwickeln.

1. Die Einheit von Körper und Geist

Wie wir bereits festgestellt haben:

III

---

*Ihr Bewußtsein des Stillen Meisters
weiß, daß es seinem Wesen nach
immateriell ist, aber es nimmt auch Gestalt an
(manifestiert sich) in Form
Ihres physischen Körpers
und der materiellen
Welt um Sie herum.
Folglich können Sie von sich sagen,
daß Sie immateriell (geistig) und
gleichzeitig
materiell (physisch) sind.*

Das Schlüsselwort ist jetzt »gleichzeitig«. Das schlichte Wissen, daß Ihr Körper und Ihre persönliche Welt um Sie herum durch Gedanken, Gefühle und Visualisierung erschaffen wurden, ist äußerst hilfreich, damit Sie auf schöpferische Weise Kontrolle über Ihr Leben übernehmen können. Zweifellos ist das der Ausgangspunkt.

Aber so wie Sie Ihren Geist (Ihre mentalen und spirituellen Fähigkeiten) schulen, müssen Sie als nächsten Schritt auch Ihren Körper (Ihre körperliche Tätigkeit) in Einklang mit Ihren geistigen Zielen bringen. Ihre körperlichen Betätigungen müssen mit Ihren geistigen Bemühungen übereinstimmen.

Erinnern Sie sich an den Vergleich, daß das Festhalten an negativen visuellen Bildern, die mit Ihren positiven visuellen Bildern im Widerspruch stehen, dem Versuch gleichkommt, ein Loch zu graben, während man es gleichzeitig wieder auffüllt? Es ist, gelinde gesagt, ein das Gegenteil bewirkender Vorgang. In derselben Weise vereiteln Sie selbst Ihre Bemühungen, wenn Ihre körperlichen Tätigkeiten Ihre geistigen Ziele nicht unterstützen. Umgekehrt gewinnen Sie an Stoßkraft, wenn alle Ihre körperlichen Tätigkeiten Ihre Ziele unterstützen.

Das Bild des Stillen Meisters sagt uns, daß Ihr Körper Ihr Geist *ist*. Das bedeutet, daß Ihr Körper ein materielles Bild der Konzepte in Ihrem Geist darstellt. Aus diesem Grund wird Ihr Körper eine natürliche Neigung haben, Ihrem Denken zu entsprechen. Und Sie werden eine natürliche Neigung haben, körperlichen Tätigkeiten nachzugehen, die mit Ihrem Denken übereinstimmen.

In Wirklichkeit denken Sie nicht *über* Ihren Körper nach. Ihr Denken *ist* Ihr Körper. Aber wenn Sie darauf bestehen, Ihren Körper als von Ihrem Geist getrennt anzusehen, wird diese Überzeugung Gestalt annehmen in Form eines Körpers, der sich Ihrer Kontrolle entzieht. Ihr Glaube an die Getrenntheit führt dazu, daß Ihr Körper anscheinend einen eigenen abgesonderten »Geist« für sich hat, der dann beispielsweise sagen kann: »Ich bin krank. Ich bin zu schwach, um dies oder jenes zu tun. Ich kann nicht. Ich will nicht...« und so weiter. Die irrige Überzeugung, daß Geist und Körper voneinander getrennt sind, ändert nichts an der Wirklichkeit, aber durch das Leugnen dieser Wirklichkeit verlieren Sie Ihre Kraft.

Wenn Sie Ihre Einheit mit Ihrem Bewußtsein des Stillen Meisters in Anspruch nehmen wollen, müssen Sie *wissen,* daß Ihr Geist und Ihr Körper eins sind. Ihr Geist und Ihr Körper sind verschiedene Aspekte, verschiedene Manifestationen, verschiedene »Frequenzen« der gleichen Lebenskraft. Mit diesem Wissen können Sie die Kontrolle über Ihren Körper übernehmen und ihn dazu veranlassen, das zu tun und das zu sein, was Ihren Bedürfnissen entspricht.

Weil Ihr Körper und Ihr Geist eins sind, stehen sie in enger Verbindung zueinander. Sie können Ihren Körper betrachten und Einblick in die Qualität Ihres Denkens gewinnen. Und Sie können Ihr Denken überprüfen, um zu bestimmen, wie Sie Ihren Körper formen und kontrollieren können. Trägt ein gesunder Baum nicht auch gesunde Früchte? Ist Ihr Denken gesund, spiegelt sich dieser Zustand in Ihrem Körper wider. Wenn Sie jedoch krank sind, kann die Prüfung Ihres Bewußtseinszustands oder Ihrer Überzeugungen hilfreich sein, um die Ursache Ihrer Krankheit herauszufinden.

Ihr Körper ist der lebende Tempel Ihres Bewußtseins. Als Manifestation Ihres Bewußtseins des Stillen Meisters ist Ihr Körper ein heiliger Ort und verdient Ihre größte Liebe, Aufmerksamkeit und Achtung. Ihr Körper ist dazu bestimmt, völlig gesund zu sein und die Anweisungen Ihres Geistes wie ein treuer Diener in beeindruckender Weise zu befolgen.

Ferner sind Ihr Körper und Ihr Geist dazu bestimmt, zu jeder Zeit als Einheit zu wirken. Das kann von Ihrer Seite ein hohes Maß an Ausrichtung, Entschlossenheit und Konzentration erfordern. Zum Beispiel setzen Sie sich das Ziel, bei einem

Marathonlauf zu gewinnen. Ihr Geist sagt: »Dieses Ziel hat für mich vor allen anderen Dingen Vorrang. Ich will gewinnen. Ich will meine ganze Freizeit aufwenden, um meine Schnelligkeit und Ausdauer zu steigern, indem ich jeden Tag trainiere.« Wenn Sie aber trotzdem darauf bestehen, häufig bis spät nachts Partys zu feiern, sich falsch ernähren, Trainingsstunden »nur dieses eine Mal« ausfallen lassen, leichtfertig Einladungen annehmen, anstatt sie auszuschlagen, und so weiter, ist dann Ihr Körper mit Ihrem Geist eins? Wie hoch ist die Wahrscheinlichkeit, daß Sie unter diesen Umständen erfolgreich sein werden? Aber wenn dieser Lauf für Sie wirklich Vorrang hat, wenn Sie wirklich gewinnen wollen, werden Sie bestimmt die Kontrolle über Ihren Körper übernehmen und alle körperlichen Tätigkeiten auf sich nehmen, die Sie zu Ihrem Ziel führen. Körper und Geist sind eine Einheit!

Vergessen Sie nicht: Es kommt darauf an, daß Sie alles stets im *Jetzt* tun. Es wird niemals ein Morgen geben, um Ihre Ziele zu verwirklichen. Wenn Sie wissen, daß hier und jetzt, und nur hier und jetzt, Ihr Geist und Ihr Körper eins sind, wenn Sie sich dieses Prinzip in allen Aspekten Ihrer Lebenserfahrung zu eigen machen, werden Sie am Ruder sein und die Kontrolle haben. Dann denken Sie wie Ihr Stiller Meister.

Die Einheit von Körper und Geist führt uns als nächstes zur Wahrheit.

2. Wahrheit

Wahrheit ist Selbsterkenntnis. Sowie Sie es sich zur Gewohnheit machen, Ihren Körper und Ihre Lebenserfahrung als Bilder Ihres Denkens zu betrachten, werden Sie zweifellos anfangen, etwas über sich selbst zu erfahren. Bezeichnen wir das nicht als die Stunde der Wahrheit?

Was sind Ihre Stärken? Was sind Ihre Schwächen? Was sehen Sie?

Bevor wir fortfahren, wollen wir ein anderes Bild des Stillen Meisters betrachten:

Ihr Stiller Meister ist Ihr Wahres Selbst, Ihr ursprüngliches Selbst ... Er ist Ihr unveränderliches Selbst, das getrennt von Ihrem Gehirn (das lediglich Ihre Wahrnehmungen verarbeitet) und den Persönlichkeitsmerkmalen existiert, die Ihnen von Ihrer Umwelt eingeprägt worden sind.

Haben Sie Ihr Selbst mit Hilfe von Informationen erschaffen, die überwiegend von außen an Sie herangetragen wurden? Die Antwort wird wahrscheinlich nicht ganz klar sein. Seien Sie sehr ehrlich. Im ersten Kapitel habe ich Abhängigkeit genannt als eines der ersten Konzepte, die Sie entwickelt haben, und erklärt, daß Ihre Abhängigkeit von anderen in Ihrer Kindheit dazu geführt haben könnte, den Erwartungen zu entsprechen, die man in Sie gesetzt hat.

Ferner beeinflußt die Kultur, in der Sie aufgewachsen sind, Ihre Selbstauffassung. Jemand wird eine ganz andere Ansicht über sich selbst gewinnen, wenn er bei einem Stamm in Afrika oder aber in einem kommunistischen Land aufwächst, weil er dann anderen religiösen, politischen und gesellschaftlichen Ideen ausgesetzt ist. All diese Ideen prägen uns dahingehend, wie wir unseren Platz in der Welt sehen. Ist es dann nicht möglich, daß Sie eher auf äußere Quellen als auf Ihre eigene gehört haben, als Sie Ihr Selbstbild entwickelten, und daß Sie als Folge davon einige Ihrer wahren Eigenschaften übersehen haben?

Und es gibt noch einen weiteren Faktor, der bewirkt, daß Sie den Kontakt mit sich selbst verlieren: Wenn Sie sich einzig und allein auf Ihre fünf physischen Sinnesorgane verlassen, daß sie Ihnen sagen, wer Sie sind. Ihr Geschmacks-, Tast-, Geruchs-, Gehör- und Gesichtssinn verarbeiten auf wundervolle Weise sensorische Informationen, aber sie sind nicht die Quelle Ihrer Intelligenz. Es sind lediglich Kanäle, durch die Ihre Intelligenz hindurchfließt, damit Sie körperlich erfahren können, was Sie erschaffen haben – und mehr nicht.

Nehmen wir als Beispiel eine Frau, die davon überzeugt ist, daß sie körperlich schwach ist. Vielleicht war sie das jüngste Kind in einer Familie und nicht in der Lage, sich gegen ihre älteren Geschwister zu behaupten, und ist als Folge zu der Überzeugung gelangt, daß sie nicht stark sein kann. Tatsächlich nimmt ihre Überzeugung in Form eines schwachen, unterentwickelten Körpers Gestalt an. Wenn sie sich betrachtet und ihre schlaffen Muskeln fühlt, sagen alle sensorischen Informationen, die in ihr Gehirn eingehen: »Ich bin schwach.«

Aber ist sie das wirklich? Ihr Gehirn sagt ihr das zwar, aber nicht ihr Stiller Meister. In Wirklichkeit ist Stärke eine der Ideen im Bewußtsein des Stillen Meisters, und darum kann sie diese Idee ausdrücken.

Das Schlüsselwort ist »ausdrücken«, was eigentlich »nach außen drücken« bedeutet. Diese Person hat das Recht, die Idee der Stärke für sich in Anspruch zu nehmen und diese Idee in eine materielle Form zu »drücken«, in einen Körper, der Stärke *ausdrückt*.

Das Gegenteil von diesem Vorgang ist das »Be*ein*drucktsein«, was eigentlich »nach innen drücken« bedeutet. Hierbei werden Informationen durch die fünf Sinnesorgane aufgenommen. Täglich werden unsere Sinne mit allen möglichen Wahrnehmungen bombardiert: kreischende Geräusche, die uns aufregen, unfreundliche Worte, die uns beeinträchtigen, ein Lächeln, das uns glücklich macht. Gleichgültig, ob es sich um angenehme oder unangenehme Bilder und Wahrnehmungen handelt, die von außen auf uns einwirken, sie *beeindrucken* uns und vermitteln uns das Gefühl einer harten Wirklichkeit, an der wir nichts ändern können. Das kann uns sicherlich *be*drücken. Aber weil alle äußeren Bilder erst als Gedanken vorhanden waren, können neue Gedanken neue Bilder erschaffen. Wir können die Dinge verändern, gleichgültig, was uns die sensorischen Informationen im Gehirn mitteilen. Jedoch werden wir wahrscheinlich keine neuen Ideen erschaffen, wenn wir uns zu leicht von Bildern und Begriffen beeindrucken lassen, die von außen auf uns einstürzen, und wenn wir diese Informationen als endgültige Wahrheit betrachten.

Das Bewußtsein des Stillen Meisters will nur seine inneren Ideen in materieller Form *ausdrücken*. Darum ist eine materielle Form niemals eine endgültige Wahrheit, weil das materielle Bild nicht die ursprüngliche Wirklichkeit darstellt. Ideen sind die einzige echte und bleibende Wirklichkeit. Wenn wir Ideen ausdrücken, können sie viele Formen annehmen. Ideen sind die Ursache. Materielle Formen sind die Wirkung.

Wenn Sie also Ihre Schwächen, Ihre Einschränkungen, Ihre Hindernisse betrachten, betrachten Sie die »Wirkung« von falschen Ideen über sich selbst. Wenn Sie *wissen*, daß diese Wirkungen nichts mit Ihrem wahren Ich zu tun haben, werden Sie denken wie Ihr Stiller Meister denkt.

In Wirklichkeit sind die einzig wahren Ideen über Sie selbst solche Ideen, die Schönheit, Kraft, Herrschaft, Stärke, Liebe, Weisheit, Klarheit und Vollkommenheit ausdrücken – die Ideen in Ihrem Bewußtsein des Stillen Meisters. Sie können Ihren Stillen Meister ausdrücken, wenn Sie über die sensorischen Informationen, die in Ihrem Gehirn verarbeitet werden, hinausgehen und nur diese unbegrenzten Ideen als die Quelle und Manifestation Ihres Wahren Selbst betrachten. Wenn Sie sich mit diesen Ideen identifizieren, werden Sie erkennen, wie einfach Sie sich von einer Entwicklungsstufe zur nächsten bewegen und daß Sie sich immer höhere Ziele setzen, denn in Wahrheit sind Sie nicht eingeschränkt.

Die Wahrheit führt zur Reinheit.

3. Reinheit

Die Wahrheit über Ihr Wahres Selbst zu erfahren, ist ein Akt der Reinheit. »Reinheit« bedeutet unvermischt, unverfälscht, ungetrübt. Folglich impliziert Reinheit Einssein. Eine Substanz, in die nichts Fremdes gemischt ist, ist rein. Wir waschen uns jeden Tag, weil wir das natürliche Bedürfnis haben, alles Fremde von unserem Körper zu entfernen. Wenn wir also fremde, eingeschränkte Meinungen über uns selbst ablehnen, drücken wir Reinheit aus. Wir wollen in unserem Bewußtsein keine »Giftstoffe« und fremde Unreinheiten wie Zorn, Kränkung, Enttäuschung und andere negativen Eigenschaften haben, weil sie die Form von Krankheiten annehmen können, wie z. B. hohem Blutdruck, Herzanfälle und Migräne.

Wenn unser Wahres Selbst nur Liebe und Gesundheit kennt, woher kommen dann Haß, Krankheit, Geiz, Gier, Rache und alle anderen negativen Eigenschaften?

Die Antwort darauf lautet: Negative Konzepte sind überhaupt keine Ideen. Sie entbehren jeglicher Idee, sie sind unwirkliche Schatten von etwas Wirklichem. Wenn Sie einen Schatten auf dem Boden sehen, werden Sie nicht denken, daß er von Substanz ist. Aber Sie wissen, daß etwas von wirklicher Substanz in der Nähe ist, das diesen Schatten wirft. Der

Schatten sagt uns also, daß etwas Wirkliches in Reichweite ist. Kann ein Schatten von Ihnen ohne Sie existieren?

Es ist gut zu wissen, daß negative Ideen dem Wesen nach wie Schatten unwirklich sind. Wenn Sie sie erfahren, weisen sie nur auf eine wirkliche Idee hin, die Sie nicht ausdrücken. Das heißt, daß Sie auf dem Weg zu Ihrer Reinheit keine Hindernisse überwinden müssen. Es existiert tatsächlich nur eine Wirklichkeit, und Sie können es sich zur Aufgabe machen, sie auszudrücken. Sie können die Lücken der negativen Ideen bei Ihnen oder bei anderen schließen, indem Sie die positive Idee entwickeln.

Nehmen wir als Beispiel die Gier, die zweifellos ein negativer Zustand ist und allen möglichen Schaden hervorruft. Gier ist das Fehlen des Wissens, daß Sie die Kraft haben, aus Ihren eigenen Ideen heraus alles zu erschaffen, was Sie brauchen. Gier ist ein Fehlen des Wissens, daß Sie vollkommen sind. Wenn Sie wirklich *wissen*, daß Sie haben können, was Sie denken, daß Sie alles haben können, was Sie brauchen, daß Sie vollkommen sind, dann empfinden Sie keine Gier.

Haß ist das Fehlen von Liebe. Klingt das zu stark vereinfachend? Trifft es denn nicht zu, daß Sie etwas gerade darum hassen, weil es nicht dem entspricht, was Sie lieben? »Ich hasse ihn«, bedeutet doch: »Ich liebe bestimmte Eigenschaften, die er nicht ausdrückt.« Aber wenn Sie wissen, daß dieser Haß den negativen Zustand nur verstärken und fortführen wird, können Sie diese negative Lücke mit liebevoller Energie füllen, so daß das Bild neu erschaffen wird.

Angst ist das Fehlen von Kraft. Füllen Sie diese Lücke mit dem Wissen, wer Sie in Wirklichkeit sind.

Jetzt machen Sie für sich weiter. Stellen Sie sich die Frage: Welche Idee fehlt, wenn ich traurig bin, wenn ich schüchtern bin, wenn ich zornig bin, wenn ich eifersüchtig bin? Gehen Sie Ihre persönliche Liste durch, und füllen Sie diese Lücken mit den reinen Ideen, die zu Ihrem Wahren Selbst gehören.

Funktioniert ein gesundes Immunsystem nicht auch nach dem Prinzip, daß es ständig zwischen »Selbst« und »Nicht-Selbst« unterscheidet und dann das entfernt, was Nicht-Selbst ist? Ihr geistiges Immunsystem ist Ihre geistige Reinheit, die ständige Aufmerksamkeit, die Sie darauf richten, welche Gedanken Selbst (der Stille Meister) und welche Nicht-Selbst (negativ und eingeschränkt) sind. Wenn Sie Reinheit ausdrücken, drücken Sie die reine Liebe und das Wissen von Ihrem Stillen Meister aus. Sie drücken Ihr Wahres Selbst aus!

Reinheit führt zur Liebe.

4. Liebe

Bevor Sie Liebe ausdrücken können, müssen Sie sie finden. Sie müssen Liebe in Ihnen selbst erkennen, bevor Sie sie ausdrücken können. Erst wenn Sie sich selbst lieben, können Sie anderen Liebe geben.

Sobald Sie die *Wahrheit* über sich selbst erkennen und erfahren, empfinden Sie unwillkürlich Liebe, denn Liebe ist eine Eigenschaft Ihres wahren Bewußtseins und Ihrer wahren Ideen.

Erinnern Sie sich, was wir über Ihr Bewußtsein des Stillen Meisters gesagt haben:

VI

Ihr Stiller Meister drückt Vollkommenheit, Erfüllung, Harmonie, Frieden, Glück und Liebe *aus und verleiht diese Eigenschaften allem, was er erschafft.*

Wenn Sie also *Reinheit* ausdrücken – die die Wahrheit über Sie selbst, über Ihr Bewußtsein des Stillen Meisters ist –, empfinden Sie Liebe für sich selbst, die durch Selbstachtung, Selbstschätzung und Selbstvertrauen ausgedrückt wird.

Liebe und alle Gefühle der Liebe stellen sich ein, wenn Sie die Wahrheit über sich selbst und alles um Sie herum erkennen.

Das Gefühl der Dankbarkeit ist eine einfache Möglichkeit, sich mit der Liebe zu verbinden, die Ihnen und jeder Idee im Universum gegeben wurde. Das Bewußtsein erfährt Liebe unmittelbar durch Dankbarkeit. Dankbarkeit ist der *Vorgang* des Erkennens dessen, was wahr ist. Dankbarkeit ist ein Akt des Gewahrseins. Ohne Gewahrsein ist das Erkennen von etwas und folglich die Liebe zu etwas nicht möglich.

Ein kleines Beispiel wird Ihnen verständlicher machen, was ich damit meine. Ich fuhr einmal auf einem Highway Richtung Westen einem herrlichen Sonnenuntergang entgegen. Der ganze Himmel schien in Flammen zu stehen, Flammen, die unglaublich leuchtende, feurige Farben hatten: purpurrot, orange, rot, gelb, blau, rosa. So viele Farben hatte ich noch nie auf einmal gesehen. Da meine Sicht durch die Wagenfenster eingeschränkt war, fuhr ich an die Seite und stieg aus, damit ich diesen unglaublichen Sonnenuntergang ganz sehen konnte. Nach kurzer Zeit fiel mir auf, daß Autos an mir vorbeirasten. In einigen unterhielten sich die Insassen, in einem benutzte ein Mann sein Autotelefon, und in einem anderen versuchte ein Fahrer, eine Zeitung zu lesen, während er gleichzeitig ein Auge auf die Straße hatte. Es verwirrte mich, daß sich nicht ein einziger des herrlichen Anblicks vor sich bewußt war. Alle schienen auf die eine oder andere Weise abgelenkt zu sein.

Da wurde ich mir der Kraft der Dankbarkeit bewußt. Die Gefühle, von denen ich bei diesem Sonnenuntergang ergriffen wurde – der Frieden, die Freude, die Anerkennung und die *Liebe,* die in mir aufstiegen – schienen in diesem Augenblick nur für mich allein zu existieren. Natürlich bot dieser Sonnenuntergang allen, die auf dieser Straße fuhren, die Gelegenheit für wunderbare Gefühle. Aber nur jene, die bereit waren, den Sonnenuntergang anzuerkennen, die sein Vorhandensein bewußt wahrnahmen, erfuhren die Wirkung seiner Schönheit. Das ist Dankbarkeit. Dankbarkeit ist der Akt des Erkennens einer Idee oder einer Eigenschaft, und während dieses Akts identifizieren Sie sich mit dieser Idee oder dieser Eigenschaft.

Wenn Sie sich also durch Ihre Dankbarkeit mit einer wahren Idee identifizieren, spüren Sie die Kraft der Liebe, die in ihr enthalten ist. Die Liebe, die Sie empfinden, senden Sie wieder hinaus als eine größere, expansive Dankbarkeit. Und bevor Sie sich dessen bewußt sind, wächst Ihre Liebe, so daß Sie immer mehr von der Welt um Sie herum – Menschen, Tiere und Pflanzen, die Natur, die Ereignisse – dankbar anerkennen. Schließlich wird Ihr Bewußtsein Liebe sein, die Sie fühlen und zum Ausdruck bringen und die überall und in allen Bereichen als Schönheit, Harmonie und Frieden zu Ihnen zurückkommt.

Wenn Sie also Dankbarkeit ausdrücken, verbinden Sie sich mit der allumfassenden Liebe, die Ihr Bewußtsein des Stillen Meisters ist. Erst finden Sie Liebe in Ihnen selbst, indem Sie die Wahrheit dessen erkennen, wer Sie sind. Sowie Sie dann Ihre Reinheit ausdrücken, werden Sie unwillkürlich die Liebe spüren, die ein Teil aller wahren Ideen ist. Sie sind geliebt, liebevoll und liebenswert. Sie sind Liebe.

Ihr Bewußtsein von Liebe führt zu Loyalität.

5. Loyalität

Warum führt Liebe zu Loyalität?

Liebe enthält ihre eigene Belohnung. Das wundervolle Gefühl der Liebe, das entsteht, wenn Sie Ihr Wahres Selbst ausdrücken, bringt Sie spontan dazu, Ihr Wahres Selbst noch höher zu achten. Und je höher Sie Ihr Wahres Selbst achten, um so mehr lieben Sie. Diese vorwärtsdrängende Kraft der Liebe ist die Essenz von Loyalität, und darum ist Loyalität die Folge, wenn Sie Ihr Wahres Selbst immerwährend erhalten, es stärken und ausdrücken, indem Sie es *lieben*.

Und wie lieben Sie sich selbst? Indem Sie Ihr Wahres Selbst sind. Es gibt keine bessere Möglichkeit, Ihr Wahres Selbst zu lieben, als es zu sein. Das ist Loyalität.

In diesem Zusammenhang ist ein Gedanke interessant, der Ihnen vielleicht neu ist. »Loyal« leitet sich aus dem lateinischen Wort *legalis* ab, das »gesetzlich« heißt. Demgemäß enthält loyal die Bedeutung von »dem Gesetz gemäß«, »gesetzestreu«. Aufgrund Ihrer Loyalität Ihrem Wahren Selbst gegenüber, aufgrund Ihrer Loyalität den wahren und reinen Ideen gegenüber, wird das Gesetz der Manifestation wirksam, und Sie bringen Ihr Wahres Selbst hervor. Loyalität ist ein Akt, in dem Sie dieses Gesetz anerkennen, ein Akt des Erkennens, daß das, dem Sie geistig loyal sind, zwangsläufig Gestalt annehmen wird.

Loyalität ist der Dankbarkeit also sehr ähnlich, weil es sich in beiden Fällen um einen Akt des Erkennens und Anerkennens einer Idee handelt. Was oder wem Sie auch loyal sind, Sie erkennen es. Was immer Sie erkennen, darüber denken Sie nach. Worüber Sie auch nachdenken, das manifestieren Sie.

Wenn Sie als Einheit von Körper und Geist handeln, wenn Sie die Wahrheit über sich selbst wissen, wenn Sie Reinheit und Liebe ausdrücken, haben Sie viel getan, um Ihr Ziel zu erreichen. An diesem Punkt müssen Sie Loyalität Ihrer Sache gegenüber walten lassen, damit Sie Ihre Vision zur Vollendung bringen können, damit Sie nicht aufgeben, sich umdrehen, sich rückwärts bewegen oder sich zugrunde richten.

Loyalität ist der höchste Akt der Liebe. Gesetzt den Fall, Sie haben einen Freund, der Ihnen Geld gab, als Sie arbeitslos waren, der Ihnen eine Unterkunft gab, als Sie kein Zuhause hatten, der Ihnen das Leben rettete, als Sie in Schwierigkeiten waren, der Ihnen gesagt hat, daß Sie ihn jederzeit anrufen könnten, wenn Sie Hilfe bräuchten. Ist dieser Freund Ihrer Loyalität würdig? Wenn dieser Freund eines Tages um Ihre Unterstützung bittet, würden Sie sie ihm nicht mit Freuden geben, auch wenn Sie eine Art Opfer auf sich nehmen müßten? Höchstwahrscheinlich würden Sie für diesen Freund alles tun, was in Ihrer Macht steht. Ihre Loyalität würde keine Grenzen kennen.

Wenn Sie das für einen Freund täten, wie steht es dann mit Ihrem Selbst? Wie weit sind Sie bereit, etwas für Ihr Selbst zu tun? Verdienen Sie nicht auch Ihre eigene Loyalität? Wieviel Loyalität sind Sie willens, Ihrem Stillen Meister zu erweisen, dem unermeßlichen Teil von Ihnen, der wie ein Freund stets bereitsteht, um Ihnen alles zu geben?

Ihr Stiller Meister kennt seinen Wert und seine Bedeutung, und er weiß, daß er Ihre ganze Liebe, Energie, Unterstützung und Ihre Loyalität verdient. Er weiß, daß er Wahrheit, Reinheit und Liebe *ist* – Ihre Wahrheit, Reinheit und Liebe. Daher bedeutet Loyalität Ihrem Stillen Meister gegenüber, daß Sie Ihr Wahres Selbst mit Vertrauen, Überzeugung, Entschlossenheit, Absicht, Kraft und Liebe zur Geltung bringen. Zeigen Sie Ihre Loyalität! Und sowie Sie das tun, bewegen Sie sich als Einheit mit Ihrem Stillen Meister.

Loyalität führt zu Opfer.

6. Opfer

Wenn Sie ein Ziel haben, dem Sie eine bestimmte Priorität einräumen und dem Sie sich mit Ihrer ganzen Loyalität widmen, werden Sie zweifellos Entscheidungen über andere Prioritäten in Ihrem Leben treffen müssen.

Erinnern Sie sich an das Beispiel von den Trainingsvorbereitungen für den Marathonlauf? Jede Party zu besuchen kann nicht von gleicher Priorität sein wie das tägliche Training. Eine von diesen zwei Prioritäten muß gewählt werden, und die andere muß geopfert werden.

Wenn Ihr Stiller Meister Ihnen einen Wunsch übermittelt, wird er niemals von Ihnen fordern, etwas, das Sie brauchen, zu opfern. Das widerspricht dem Wesen seiner Liebe. Wenn Sie am Scheideweg stehen und eine Entscheidung treffen müssen, prüfen Sie sorgfältig, ob das sogenannte Opfer wirklich ein Verlust ist. Normalerweise sind die Dinge, die wir aufgeben, um ein Ziel zu erreichen, nicht länger nötig, oder sie sind es nicht wert, sie zu behalten. Ist es ein Verlust, wenn Sie die Faulheit aufgeben, um Ihren Trainingsplan einzuhalten? Ist es ein Verlust, wenn Sie die Angst aufgeben, um etwas Neues zu lernen? Ist es ein Verlust, wenn Sie das Rauchen aufgeben, um für den Lauf zu trainieren?

Im Zusammenhang mit Zunahme und Abnahme beim Yin-Yang-Symbol wurde gesagt, daß jede Abnahme (das schwarze Yin-Feld) den Samen einer neuen Zunahme (der weiße Punkt im schwarzen Feld) in sich trägt. Jede Abnahme ist dazu bestimmt, sich in Zunahme zu verwandeln. Daher ist sogar ein echtes Opfer niemals ein wirklicher Verlust, sondern stellt die Vorbereitung auf einen neuen Zustand dar.

Oft kommt es uns so vor, als stünden wir gezwungenermaßen am Scheideweg und müßten eine Entscheidung treffen und ein Opfer bringen. Manchmal können wir jedoch aus eigenem freiem Willen und gern bestimmte Bewußtseinszustände aufgeben, um Platz für neue zu schaffen.

Das lateinische Wort für »Opfer«, *sacrificium,* leitet sich aus den Wörtern *sacer* mit der Bedeutung »heilig« und *facere* mit der Bedeutung »machen« ab. Ein Opfer bringen bedeutet also »heilig machen«. Wenn Sie Ihre Schwächen, Ängste und Einschränkungen opfern, lieben Sie sich eigentlich und machen Ihr Selbst heilig, indem Sie Ihre Wahrheit und Reinheit ausdrücken. Das ist ein freudiger, expansiver Prozeß, gleichgültig, wie schmerzhaft er vordergründig zu sein scheint.

Opfer führt zu Geduld.

7. Geduld

Angenommen, Sie haben ein Ziel. Sie handeln als Einheit von Körper und Geist. Sie drücken Wahrheit, Reinheit, Liebe und Loyalität aus, und Sie haben alle geistigen und körperlichen Hindernisse geopfert. Trotzdem ist das Ziel noch nicht verwirklicht. Was fehlt noch?

Geduld ist die letzte Stufe in diesem schöpferischen Prozeß. An dieser Stelle passiert es bei ungeduldigen Menschen leicht, daß ihre harte Arbeit umsonst war.

Eines der schönsten Symbole für Geduld, die in der Natur vorkommen, ist die Verwandlung, die Metamorphose, von der Raupe zum Schmetterling, bei der sich das äußere Bild des »Seins« der Raupe drastisch von einer Gestalt in eine andere verändert. Vielleicht befinden Sie sich in einer Situation, die einer solchen radikalen Umwandlung bedarf. Wenn Sie eine so große Veränderung durchzuführen wünschen, sollten Sie in Betracht ziehen, wie wesentlich die Eigenschaft der Geduld dabei ist.

Für eine bestimmte Zeit, deren Dauer nicht verkürzt werden kann, nimmt die Raupe Nahrung auf, bis sie eine bestimmte Größe erreicht hat. Wenn sie ihr Wachstum abgeschlossen hat, bildet sie einen Kokon, in dem sie wieder eine Zeitlang warten muß. Die Verwandlung, die in diesem ruhigen Kokon stattfindet, darf auch nicht überstürzt erfolgen oder gestört werden. Zur festgesetzten Zeit kommt schließlich ein Schmetterling zum Vorschein, ein Geschöpf, das sich von der Raupe völlig unterscheidet. Der Schmetterling pflanzt sich dann fort, damit der Zyklus aufs neue beginnen kann.

Spielt bei der Verwandlung, der sich die Raupe unterzieht, nicht eine Art Vertrauen eine Rolle? Geduld und Vertrauen. Die Naturgesetze, nach denen die Raupe diese erstaunliche Verwandlung durchmacht, sind absolut. Lediglich Geduld und Vertrauen sind erforderlich, um diesen Gesetzen zu entsprechen.

Die Gesetze der Manifestation, die unser Sein regieren, sind genauso absolut. Und wir müssen ebenfalls Geduld und Vertrauen aufbringen, damit sie wirksam werden können.

Echte Geduld bedeutet, die Wahrheit zu *wissen* und zu *erwarten,* daß sich diese Wahrheit manifestiert. Mit diesem Wissen und dieser Erwartung werden Sie Ihr Bewußtsein des Stillen Meisters *sein*. Wenn Sie also echte Geduld ausdrücken, denken Sie wie Ihr Stiller Meister. Sie bieten weiterhin Ihre Kraft auf, während Sie warten, in dem Wissen, daß die Manifestation zur festgesetzten Zeit sichtbar wird.

Diese sieben Prinzipien der inneren Kraft sind alle eng miteinander verknüpft. Sie können nicht ein Prinzip leben und die anderen außer acht lassen. Das heißt, wenn Sie das Prinzip der Einheit von Körper und Geist praktizieren, müssen Sie auch nach den Prinzipien von Wahrheit, Reinheit, Liebe, Loyalität, Opfer und Geduld handeln. In Wirklichkeit kann man nicht sagen: Heute arbeite ich an der Reinheit. Sie arbeiten jeden einzelnen Tag an allen Prinzipien.

Wenn Sie diese Prinzipien in Ihrem Alltagsleben verwirklichen, denken Sie daran, daß das, was Sie wirklich praktizieren, Ihr Sein ist, Ihre Eigenpersönlichkeit, Ihr Stiller Meister. Sie fordern nicht von sich selbst, etwas zu sein, was nicht wirklich oder nicht möglich ist. Ihr Stiller Meister ist Ihr einziges Wahres Selbst. Wenn Sie freudig und erwartungsvoll diese sieben Prinzipien praktizieren, werden Sie Ihr Stiller Meister sein.

Im Gegensatz zur Raupe machen wir unsere Verwandlung nicht im Dunkel eines abgeschiedenen Ortes durch. Trotzdem sind wir alle letzten Endes allein. Jeder von uns ist eine Einzelperson. Aber wir sind auf einer Welt zusammen mit vielen Menschen allein. Folglich findet unsere Verwandlung im Klassenzimmer der Welt statt. Ein Großteil des Lernens passiert in dieser Welt, ein Lernen, das sich aus vielen kleinen Handlungen zusammensetzt, die Schritt für Schritt und Moment für Moment Veränderungen hervorrufen, die so aufregend sind wie die Verwandlung der Raupe. Auch ein Gemälde setzt sich aus Abertausenden von Pinselstrichen zusammen.

Unsere Handlungen werden andere beeinflussen. Weil wir auf dieser Welt nicht allein sind, stammt vieles von dem, was wir über uns lernen, aus unserer Wechselbeziehung zu anderen. Unsere Beziehungen sind unsere Lehrer. Wir lernen voneinander.

Es gibt eine wunderbare Geschichte, die sehr gut veranschaulicht, wie wir im Zusammenleben mit anderen unsere eigene Hölle oder unser Paradies schaffen können.

Das ist die Hölle: Zehn Menschen sitzen an einem Eßtisch. Der Tisch ist reich gedeckt, aber die Eßstäbchen, mit denen sie essen sollen, sind einen Meter lang. Wenn sie versuchen zu essen, stellen sie fest, daß sie mit den langen Eßstäbchen nichts zu sich nehmen können. Sie kommen fast um vor Hunger, streiten und bekämpfen sich, weil sie sich alle hinters Licht geführt und elend fühlen.

Das ist der Himmel: Zehn Menschen sitzen an dem gleichen Tisch mit den gleichen langen Eßstäbchen. Alle sind glücklich und satt und erleben eine wunderschöne, friedliche Zeit miteinander. Diese Menschen machten sich keine Gedanken darüber, daß sie mit diesen langen Eßstäbchen nicht essen könnten. Sie füttern sich mit ihnen gegenseitig! Die Bedürfnisse eines jeden einzelnen werden befriedigt, indem sie sich gegenseitig unterstützen, indem sie zusammenarbeiten.

Alles, was in Ihr Bewußtsein gelangt, wurde von Ihnen angezogen. Und so können wir unser Alltagsleben mit einer gewissen Anmut führen. Anstatt uns als Opfer zu sehen, können wir uns gelassen als Schöpfer oder Mitschöpfer eines jeden Augenblicks betrachten. Als einzelne erschaffen wir unsere eigenen Welten, und gemeinsam mit den anderen Angehörigen unseres Planeten erschaffen wir unsere größere Welt. Betrachten Sie also jede Situation, ob privat oder global, als eine Gelegenheit, die Wahrheit Ihres Seins, und nur *Ihres* Seins, in Ihrem Denken und Handeln zu leben. Wenn Sie immer so gut sind, wie Sie nur sein können, seien Sie nicht überrascht, wenn Sie feststellen, daß andere sich mit Ihnen zusammen verwandeln!

KAPITEL 5

IHR STILLER MEISTER IN AKTION

Körpertraining ist Lebenstraining

Das körperliche Training im Jung SuWon

Bis jetzt wurden hauptsächlich die mentalen und spirituellen Prinzipien im Jung SuWon vorgestellt. Aber dieser Kampfsport enthält auch eine körperliche Methode, und das Erlernen dieser körperlichen Methode im Jung SuWon ist ein praktischer und konkreter Weg, die spirituellen Prinzipien des Jung SuWon anzuwenden und Sie in Berührung mit Ihrem Bewußtsein des Stillen Meisters zu bringen.

Ihr Geist und Ihr Körper bilden eine Einheit. Wenn Sie also die körperliche Methode des Jung SuWon ausüben und gleichzeitig die sieben mentalen und spirituellen Prinzipien praktizieren, entfalten Sie Ihr ganzes Sein und nicht nur Ihren Geist oder nur Ihren Körper.

In diesem Kapitel werden wir uns mit verschiedenen Aspekten der körperlichen Schulung im Jung SuWon und den außergewöhnlichen Vorteilen, die Ihnen damit zur Verfügung stehen, auseinandersetzen. Viele Leser dieses Buches werden zwar nicht die Möglichkeit haben, den körperlichen Weg des Jung SuWon zu erlernen, aber dennoch können Sie diese Prinzipien in Ihr physisches Leben, in Ihre körperlichen Tätigkeiten einbeziehen.

Körperliches Training bedeutet, Grenzen zu überwinden

Gesteigerte Körperkraft und Kenntnisse in der Selbstverteidigung sind sicherlich wünschenswerte Ergebnisse beim Erlernen des Kampfsports Jung SuWon, denn dadurch werden Angst und Schwäche reduziert und echtes Vertrauen und Selbstschätzung aufgebaut. Taekwondo, Shotokan Karate und Kung Fu sind sich in den Ursprüngen ihrer Grundformen alle ähnlich. Aber die Qualität des körperlichen Trainings im Jung SuWon hängt unmittelbar von dem Ausmaß ab, in dem das spirituelle Training erfolgt. Denn um die Bewegungen und Schritte des Kampfsports zu erlernen, um zu lernen, erfolgreich mit einem Gegner zu kämpfen und außergewöhnliche körperliche Leistungen (z. B. Ziegelsteine mit der bloßen Hand zu zerschlagen) zu vollbringen, ist es notwendig, die Prinzipien von Bewußtheit, Gleichgewicht und Visualisierung anzuwenden, alle Regeln der Geisteshaltung einzuhalten und die sieben Prinzipien der inneren Kraft zu verwirklichen.

In der körperlichen Ausbildung im Jung SuWon wird verlangt, daß Sie all diese Ideen innerhalb dieser strukturierten Kampfform anwenden, daß Sie sich diszipliniert entwickeln und Ihre Fortschritte in diesem Rahmen beurteilen. Dann kann Ihr Training ein Feedbacksystem sein, das Ihnen vermittelt, inwieweit Sie bereits die Kontrolle über Ihren Geist und Ihren Körper übernommen haben.

»Er kann es, sie kann es, warum nicht ich?«

Diesen Satz sage ich Schülern, die bei mir die körperliche Form des Jung SuWon lernen. Dieser Satz hat mehrere Bedeutungen, die gleichermaßen auf die mentale, spirituelle und körperliche Kraft zutreffen.

Erstens bedeutet dieser Spruch auf der körperlichen Ebene,

daß Körperkraft und Kenntnisse in der Selbstverteidigung, die sich aus dem körperlichen Jung SuWon-Training ableiten, Männern und Frauen gleichermaßen verfügbar sind. Niemand ist durch sein Geschlecht eingeschränkt. Erinnern Sie sich:

I

*Ihr Stiller Meister ist Ihr
Wahres Selbst, Ihr ursprüngliches Selbst.
Er drückt sich durch
Ihr Denken, durch wahre
Ideen und Gedanken in Ihrem
Geist aus ...*

»Stärke« gehört zu den Ideen, die Ihr Bewußtsein des Stillen Meisters ausdrückt. Sie ist ein Teil Ihrer Identität, ob Sie nun ein Mann oder eine Frau sind. Wenn Stärke eine Idee ist, kann die Idee der Stärke bei einem Mann »stärker« sein als bei einer Frau? Nein. Ideen haben keine unterschiedlichen Intensitätsstufen. Ideen sind einfach Ideen, und sie sind im Geist von Männern und Frauen gleich. Weil ich das weiß, und weil ich weiß, daß Stärke eine Idee ist, die zu meinem ursprünglichen Selbst gehört, weiß ich, daß ich sie manifestieren kann. Was mich beispielsweise anbelangt, so bin ich nicht eingeschränkt, weil ich nur einen Meter fünfzig groß bin und fünfzig Kilo wiege, auch wenn ich mich gegen einen Angreifer verteidige, der sehr viel größer und schwerer ist als ich. Das habe ich oft genug bewiesen.

Zweitens bedeutet dieser Satz, daß die spirituellen Prinzipien im Jung SuWon praktisch anwendbar sind. Wenn Sie sich die Prinzipien zu eigen machen, sie praktizieren und in die körperliche Schulung einfügen, werden Sie feststellen, daß diese Prinzipien die Grundlage für Ihre Körperkraft bilden. Folglich ist Jung SuWon keine graue Theorie. Es soll Ihnen dabei helfen, das zu tun, was Sie tun müssen. »Er kann es, sie kann es, warum nicht ich?« Sie können die Prinzipien auf alle Situationen in Ihrem Leben beziehen, nicht nur dort, wo Sie den körperlichen Aspekt des Kampfsports ausführen.

Die Grundlage für Ihr körperliches Training im Jung SuWon bildet also das mentale und spirituelle Training. Ihre Körperkraft ist nur so gut wie Ihre geistige Stärke. Kräftige Tritte und Hiebe sind wertlos, wenn sie nicht mit der nötigen geistigen Ausrichtung auf ein geeignetes Ziel hin richtig gelenkt werden. Und auch die ganze körperliche Stärke der Welt wird Ihnen nichts nützen, wenn Ihr Geist voller Angst ist. Deshalb müssen Sie erst die Angst und Schwäche in sich selbst besiegen, bevor Sie einen Gegner außerhalb von Ihnen besiegen können. Der Zweck und die Essenz der spirituellen Prinzipien im Jung SuWon liegen darin, Ihnen brauchbare Hilfsmittel zur Verfügung zu stellen, damit Sie sich aus Ihren einschränkenden, limitierenden Bewußtseinszuständen befreien können. Und es funktioniert!

»Er kann es, sie kann es, warum nicht ich?« Eine dritte Bedeutung ist, daß *Sie* eine bestimmte Geisteshaltung gewinnen müssen, die für Sie die Arbeit übernimmt. »Er kann es, sie kann es, warum nicht *Sie*?« Die Siege, die Sie bei anderen gesehen haben? – Sie können es auch! Warum nicht Sie? Zu viele Menschen setzen sich selbst herab und machen sich klein mit zu vielen Ängsten und Selbstzweifeln. Sie haben Kraft! Das einzige, was Sie in Wirklichkeit von Ihrem Sieg trennt, ist die Arbeit. Wenn Sie geistig nicht träge sind, stehen Ihnen unbegrenzte Möglichkeiten zur Verfügung! Das bedeutet, *Sie* können es *tun,* wenn Sie bereit sind, die notwendigen geistigen und körperlichen Stufen zu nehmen und bis zu Ihrem Sieg stets beharrlich zu bleiben.

Körpertraining bedeutet geistige Kriegsführung

Im ersten Kapitel bezeichnete ich eine Person, die den Stillen Meister sucht, mit gutem Grund als einen Jung SuWon-Krieger. Sie sind kein Krieger, nur weil Sie den körperlichen Kampf lernen. Aber jeder Suchende ist ein Krieger, weil die Charakterzüge des »Nicht-Selbst«, die Sie vielleicht als »Ich« identifiziert haben, nicht unbedingt leicht zu überwinden sind. In der Tat sind die meisten von uns jedes Mal einem Kampf unterschiedlichen Ausmaßes ausgesetzt, wenn wir eine Schwäche in uns herausfordern. Es kann sehr viel Zeit und Ausdauer kosten, uns von diesen ungewollten Eigenschaften zu befreien. Und diese Auseinandersetzung kann die Züge eines Krieges annehmen.

Sie werden sich möglicherweise Ihrer Schwächen und negativen Gedanken und Emotionen voll bewußt werden, sobald Sie einen Kampfsport erlernen, weil Sie größere Anforderungen an Ihren Körper stellen und von sich fordern, Leistungen zu vollbringen, die Sie zuvor als unmöglich angesehen hätten. Aber vergessen Sie nicht, daß Ihre Schwächen »Schatten« Ihrer wahren Eigenschaften sind, wie es im Abschnitt über Reinheit im vierten Kapitel erörtert wurde. Der Krieg gegen einen Schatten braucht nicht mit Gewalt ausgetragen zu werden. Es ist doch unvernünftig, gegen etwas zu kämpfen, das unwirklich ist, nicht wahr?

Statt dessen kann der Krieg gewonnen werden, indem man der echten Idee von sich selbst, was immer es im Augenblick sein mag, sanft und behutsam eine konkrete Form gibt.

»Sanft« bedeutet jedoch nicht »schwächlich«. Sanftheit ist eine besondere Form der Kraft. Kennen Sie die Geschichte von dem Wettstreit zwischen der Sonne und dem Wind? Sie stellten ihre Kraft auf die Probe, indem sie versuchten, einen Mann, der eine Straße entlangging, dazu zu bewegen, seinen Mantel auszuziehen. Als der Wind mit gewaltiger Kraft an dem

Mann riß und zerrte, zog der Mann seinen Mantel nur noch fester um sich, bis der Wind schließlich aufgab und die Sonne aufforderte. Die Sonne jedoch zeigte überhaupt keine »Kraft«. *Sanft* und *beharrlich* brannte sie immer heller und heißer, bis es so warm war, daß der Mann seinen Mantel auszog. Das ist der wesentliche Kern des Konfliktes in Ihnen selbst. Wie die Sonne müssen Sie auf sanfte und beharrliche Weise das sein, was Sie in Wirklichkeit sind.

Denken Sie während dieses Krieges auch an das, was im vierten Kapitel in dem Abschnitt über die Wahrheit gesagt wurde. Wenn Sie sich die Arbeit erleichtern wollen, dürfen Sie sich nicht von den Aussagen Ihrer physischen Sinne beeindrucken lassen. Das materielle Bild außerhalb von Ihnen selbst ist niemals die Quelle der Wahrheit. Es ist ein Bild, von dem Sie geglaubt haben, daß es wahr sei. Aber als Jung SuWon-Krieger sind Sie nicht durch physische Aussagen eingeschränkt. Sie können das Bild verändern, wenn Sie Ihr Denken verändern.

Sie sind nicht eingeschränkt.

Körpertraining bedeutet, die Wirklichkeit zu beobachten

Auch wenn es keine Kampfsportarten gäbe, könnten wir die meisten der Wesenszüge lernen, die von diesen Systemen entwickelt wurden, wie zum Beispiel Überlebensfähigkeit, Selbstverteidigung, Mut, Disziplin und Geduld, indem wir einfach die Natur beobachten. Es ist kein Zufall, daß in vielen Kampfsportarten Eigenschaften von Tieren, beispielsweise des Tigers, des Adlers, des Kranichs, des Bären, der Schildkröte und des Affen, aufgegriffen wurden. Die ersten Kampfsportmeister beobachteten bei diesen Tieren nützliche Eigenschaften und imitierten sie, um ihre eigenen Kampffähigkeiten zu erweitern.

Vielleicht sind Sie nicht in der Lage, sich direkt in die Natur zu begeben, um grundlegende Wahrheiten und ursprüngliche Ideale kennenzulernen, wie sie die Geschöpfe der Natur verkörpern. Wir leben nicht mehr in und mit der Natur wie die Menschen vor Tausenden von Jahren. Folglich müssen Sie als neuzeitlicher Krieger anderen nacheifern, die vor Ihnen den Weg gegangen sind. Trotzdem werden Sie, wie die ersten Krieger, immer noch viel beobachten müssen. Ihre Beobachtungsgabe ist eine starke, unentbehrliche Waffe in der Selbstverteidigung.

Wie beobachten Sie? Indem Sie im *Hier* und *Jetzt* leben (wie es im dritten Kapitel über Bewußtheit besprochen wurde), so daß Sie nicht von Gedanken an die Zukunft oder an die Vergangenheit (die sowieso nicht existieren) abgelenkt werden. Erinnern Sie sich, daß gesagt wurde, daß nur das *Jetzt* existiert. Daher kann jeder Schlag, der auf Sie zukommt, und jeder Schlag, den Sie Ihrem Gegner versetzen müssen, *jetzt* erfahren (oder gefühlt oder geahnt) werden. Dieses Vorherwissen (oder die Fähigkeit, Dinge zu ahnen) ist der beste Angriff und die beste Verteidigung, die Sie haben können, und die Belohnung für Ihr diszipliniertes Leben im JETZT, in der einzigen Wirklichkeit. Im Ausgerichtetsein auf den gegenwärtigen Augenblick geschieht also wahres Beobachten der Wirklichkeit, eine Fähigkeit, die in der fortgeschrittenen Ausbildung der Kampfsportarten gefördert wird. Muß man denn nicht »zur rechten Zeit am rechten Ort« sein, um einen Gegner zu besiegen? Denken Sie daran, daß die einzige Zeit, in der das geschehen kann, das *Jetzt* ist.

Ferner beobachten wir die Wirklichkeit, wenn wir den Symbolen der Wirklichkeit Aufmerksamkeit schenken. Sicher betrachten Sie doch oft das Foto einer geliebten Person, wenn Sie nicht unmittelbar mit ihr zusammensein können? Das Symbol tritt an die Stelle der Gegenwart dieser Person.

Bei der Ausbildung in den Kampfkünsten wird Wert darauf gelegt, daß die Symbole der Wirklichkeit geachtet und anerkannt werden. Im *Dojang* (dem koreanischen Wort für »Trainingsraum«) werden Sie feststellen, daß beispielsweise dem Kampfanzug, den Flaggen und Gesten der Höflichkeit und des Respekts Beachtung geschenkt wird. Sie alle sind Symbole mit tiefer Bedeutung.

Das koreanische Wort für Kampfanzug heißt *Dobok*. *Do* bedeutet »Lebensweise« und *bok* »geistiger Beschützer oder Schild gegen die Elemente«. Dem Tragen eines Anzugs wird also tiefe Symbolik beigemessen. Wenn Sie ihn tragen, »tragen« Sie gleichfalls Ihr Engagement, mit dem Sie dem spirituellen Weg folgen, der zu Ihrem Stillen Meister führt. Ihr Engagement ist zweifellos Ihr Schutz vor den Elementen. Der Gürtel, den Sie sich um Ihre Taille binden, symbolisiert die Einheit des Geistes, die Sie mit anderen auf dem Weg teilen, und seine Farbe verkündet voller Stolz Ihren Leistungsstand. Wenn Sie diesen Anzug ehren, ehren Sie Ihr Wahres Selbst.

Wenn Sie eine Nationalflagge ehren, ehren Sie den Geist des Volkes. Man kann sagen, daß die Nationalflagge das Gesicht eines Volkes ist, ein Symbol, das jeden einzelnen, der mit vielen anderen den Geist des Landes bildet, darstellt. Im *Dojang* ehren Sie also Ihr Selbst und das Selbst der anderen, die die Nation hervorbringen, wenn Sie die Flagge Ihres Landes oder auch eine andere Person ehren.

Und alle Gesten der Höflichkeit und des Respekts (wie beispielsweise die Verbeugung) ehren das Selbst der anderen auf höchst konkrete und friedliche Weise.

Sie können das körperliche Training eines Kampfsports auch als ein umfassendes Symbol für Ihr Lebenstraining ansehen. Die Siege und das Erstarken auf geistiger und körperlicher Ebene, die Sie im *Dojang* demonstrieren, entsprechen den gleichen Siegen in allen Bereichen Ihres Lebens.

In der Kampfsportausbildung achten wir also Symbole, weil dies eine Möglichkeit ist, die wahren Ideen zu beobachten, die die Symbole verkörpern.

Körpertraining bedeutet Meditation in Bewegung

Bevor über Meditation in Bewegung gesprochen wird, soll erst die Frage beantwortet werden, was Meditation eigentlich ist.

Trotz möglicher religiöser Nebenbedeutungen, die das Wort erhalten hat, bedeutet »meditieren« schlicht und einfach »sich besinnen«, »nachdenken«. Die Wurzel des Wortes enthält auch die Bedeutung »auf etwas Bedacht nehmen«. In einer Meditation denken wir also über etwas nach, auf das wir Bedacht nehmen wollen.

Da es jedoch viele verschiedene Ebenen des Denkens und der Qualität unseres Denkens gibt, gibt es auch verschiedene Ebenen der Meditation. Einige sind nützlicher, umfassender und tiefgreifender als andere.

Im allgemeinen meditieren wir aus einem Grund. Vielleicht möchten wir Informationen erhalten, die außerhalb unseres Gewahrseins liegen. Vielleicht wollen wir uns einfach entspannen und die Freude erfahren, wenn sich unser Bewußtsein erweitert. Oder vielleicht möchten wir ein gewünschtes Ergebnis erzielen oder visualisieren. Meditation ist sicherlich ein Weg, um unser Denken zu klären, zu reinigen, zu erneuern, zu öffnen und zu erweitern.

Gleichgültig, welche Absicht Sie mit der Meditation verfolgen, so bleibt der Grund, warum wir meditieren, der gleiche: um auf unsere Gedanken zu hören. Auf der untersten Stufe bedeutet Meditation, auf die Gedanken des Bewußtseins oder Unterbewußtseins zu hören. Auf der höchsten

Stufe bedeutet es, auf die Gedanken des Stillen Meisters zu hören.

Eine Meditation kann zwanglos erfolgen, indem Sie einfach ruhig dasitzen und sich selbst zuhören. Sie können aber auch bestimmte Meditationshaltungen einnehmen und sich bestimmte Meditationstechniken zu eigen machen, um nach tieferen Bewußtseinszuständen zu streben. Ich lehre eine Meditation nach festen Regeln, die einen direkten Weg darstellt, um mit Ihrem Stillen Meister in Verbindung zu treten.

Ob es sich um eine formlose Meditation handelt oder um eine nach festen Regeln – immer besteht sie aus zwei Schritten. Erstens machen Sie sich bewußt, daß Sie mit Ihrem Stillen Meister eins sind und daß die gewünschte Information (oder Gemütsruhe, Klarheit, Reinigung oder was auch immer) sich manifestieren wird. Denken Sie daran, daß Ihr Bewußtsein des Stillen Meisters auf einer höheren Stufe als Ihr Bewußtsein und Ihr Unterbewußtsein wirksam ist. Welches Bedürfnis Sie auch haben, oder aus welchem Grund Sie auch meditieren, Ihr Stiller Meister kann nötigenfalls wirkungsvoll in Ihr Bewußtsein oder Unterbewußtsein eindringen, um Ihnen eine entsprechende Antwort zu geben.

Als zweiten Schritt lassen Sie Ihren Geist zur Ruhe kommen und schalten alle lärmenden Gedanken und Gefühle ab. In dieser Stille können Sie alles, was Sie brauchen, erfahren und hören.

Manchmal werden Sie unmittelbar nach der Meditation ein »Wissen« erlangen. Aber es ist auch möglich, daß Sie Ihre Meditation viele Male wiederholen müssen, bis Sie das gewünschte Ergebnis erhalten. Es kann vorkommen, daß Sie glauben, keine Antwort zu bekommen, aber dann stellen Sie auf einmal fest, daß sie zur richtigen Zeit da ist, wenn auch nicht unbedingt sofort.

Ich bezeichne das körperliche Training im Jung SuWon als Meditation in Bewegung, weil die Ausbildung es erfordert, daß

Sie während aller Bewegungen Ihren Geist auf bestimmte Ideen und Eigenschaften ausrichten. In den Kampfkünsten sollte keine Bewegung ohne Führung oder ohne Denken erfolgen. Jede Bewegung sollte ausgerichtet und zielbewußt sein. Folglich schließt diese Meditation in Bewegung Konzentration ein. Die lateinischen Wurzeln von »konzentrieren« sind *cum* mit der Bedeutung »mit« und *centrum* mit der Bedeutung »Mitte«, »Zentrum«. Sich zu konzentrieren bedeutet, »alles in einem Mittelpunkt zu vereinen«. Wenn Sie sich also auf eine Jung SuWon-Bewegung konzentrieren, vereinen Sie Ihr Denken und Handeln in einem Mittelpunkt. Körper und Geist sind eins!

Wenn Sie sich als Einheit von Körper und Geist bewegen, ist das eine Meditation in Bewegung.

Vielleicht fragen Sie: »Wenn das Meditation in Bewegung ist, was ist es dann, wenn ich aufräume, putze oder einen Schrank baue?« Wenn Sie so fragen, dann haben Sie verstanden, was ich meine. Auch diese Tätigkeiten können eine Meditation in Bewegung sein, wenn sie im Sinne einer Einheit von Körper und Geist ausgeführt werden. Jede Tätigkeit, die Sie zu einer tieferen Verbindung mit Ihrem Wahren Selbst führt, ist Meditation in Bewegung, ob Sie nun Klavier spielen, im Wald spazierengehen oder im Garten an Blumen riechen – alles, was Ihnen das Gefühl einer friedvollen Einheit vermittelt. Tatsächlich liegt das Ziel im Jung SuWon darin, unser ganzes Leben zu einer Meditation in Bewegung zu machen, wobei wir uns zu jeder Zeit in Einheit mit unserem Stillen Meister bewegen und dabei Harmonie, Frieden, rechtes Handeln und Liebe hervorbringen, unmittelbar im Hier und Jetzt! Körpertraining im Jung SuWon ist fürwahr Lebenstraining. Wir nehmen das körperliche Training als Übungsplatz, um zu wachsen und uns zu entfalten, damit wir dann alle Situationen in unserem Leben meistern können.

KAPITEL 6

MEDITATION

Das Gespräch mit Ihrem Stillen Meister

Im fünften Kapitel habe ich das körperliche Training im Jung SuWon als Meditation in Bewegung bezeichnet. Es wurde dargelegt, daß eines der wertvollsten Ziele bei jeder Meditation, ob sie nun in Bewegung, stehend, sitzend oder liegend erfolgt, darin besteht, mit Ihrem Bewußtsein des Stillen Meisters eins zu werden. Weil Ihr Stiller Meister Ihr eigener Fokus der universellen Lebenskraft ist, können Sie mit Hilfe von Meditation Bewußtseinszustände erfahren, durch die Ihr Sein belebt, emporgehoben, mit Energie erfüllt und harmonisiert wird, Bewußtseinszustände, in denen Sie Ihr Wahres Selbst erfahren. Meditation kann also zu einem der befriedigendsten und lohnendsten Aspekte in Ihrem Leben werden.

Über das Thema Meditation ist viel zu sagen, und in einem weiteren Buch werde ich ausführlicher darauf eingehen. Aber hier gebe ich zunächst eine Einführung, damit Sie anfangen können zu meditieren.

Bei der formlosen Meditation müssen Sie nur zweierlei beachten: Sie werden sich Ihrer Einheit mit Ihrem Stillen Meister bewußt, und Sie lassen Ihren Geist zur Ruhe kommen, damit Sie zuhören können. Das können Sie überall und jederzeit tun.

Meditation nach festen Regeln

Meditation nach festen Regeln, bei der Sie eine bestimmte Haltung einnehmen, sich nach einer bestimmten Vorgehensweise richten und manchmal auch eine bestimmte Umgebung wählen, kann Ihnen bei der zielgerichteten, konzentrierten Hinwendung zu Ihrem Stillen Meister von großem Nutzen sein.

Es gibt viele Meditationstechniken, viele Haltungen und Vorgehensweisen, alle mit einem bestimmten Zweck und Sinn, die Sie befähigen, bei Ihren Meditationen verschiedene Ergebnisse zu erzielen. Hier folgt ein Beispiel zum Ausprobieren.

Während Sie die einzelnen Schritte durchgehen, behalten Sie stets diese zwei Ziele im Auge: das Wissen von Ihrer Einheit mit Ihrem Stillen Meister und das Ruhigwerden Ihres Geistes.

1. Setzen Sie sich bequem auf den Boden oder auf ein flaches Kissen. Wenn Sie ein Kissen nehmen, verwenden Sie ein speziell zu diesem besonderen Zweck bestimmtes. Wenn Sie ein neues Kissen dafür kaufen, empfehle ich eins aus Seide oder Baumwolle.

2. Winkeln Sie Ihr rechtes Bein an, und legen Sie den rechten Fuß unter den linken Oberschenkel.

3. Winkeln Sie Ihr linkes Bein an, und legen Sie den linken Fuß auf den rechten Oberschenkel. Zwingen Sie sich nicht dazu, wenn es schmerzen sollte. Machen Sie es einfach so, wie es Ihnen bequem ist. Ihre Beine sollten jetzt gekreuzt sein, wobei das rechte unten liegt und das linke darüber.

4. Beugen Sie Ihren Körper vor, krümmen Sie den Rücken, und richten Sie sich dann auf.

5. Legen Sie die rechte Hand mit der Handfläche nach oben locker in den Schoß.

6. Legen Sie die linke Hand mit der Handfläche nach oben auf die rechte Hand, und führen Sie die Daumen zusammen. Die Daumen sollten sich nur leicht berühren, so als würden Sie einen Papierbogen zwischen ihnen halten.

7. Richten Sie Rückgrat und Hals gerade. Der Kopf sollte weder nach vorne noch nach hinten geneigt sein, und die Ohrläppchen sollten sich mit den Schultern in einer Linie befinden.

8. Schließen Sie behutsam die Augen.

9. Schließen Sie den Mund und legen Sie die Zunge an den Gaumen.

10. Atmen Sie tief durch die Nase ein, halten Sie den Atem an, solange es Ihnen angenehm ist, und lassen Sie ihn langsam und sanft ausströmen. Ihre Atmung sollte sanft und ruhig sein. Wenn jemand neben Ihnen sitzt, sollte er Sie nicht atmen hören können. Fahren Sie auf diese Weise fort, bis Ihre Atmung langsam und sanft ist. Wahrscheinlich werden Sie feststellen, daß auch Ihr Herz langsamer schlägt.

11. Lassen Sie alle Sorgen, Probleme, Gedanken und Gefühle wegfließen. Denken Sie daran, daß sich Ihr Bewußtsein zunächst unbehaglich fühlt, wenn Sie es bitten, seine gewohnten Denkprozesse (beziehungsweise den mehr oder weniger gedankenlosen inneren Dialog), zeitweilig einzustellen. Es will weiterdenken und wird es auch versuchen. Atmen Sie jedoch einfach weiter, und weigern Sie sich, aufdringlichen Gedanken und Gefühlen Beachtung zu schenken. Lassen Sie sie gehen, lassen Sie sie vorbeiziehen. Nötigenfalls sagen Sie ihnen, daß Sie ihnen später

Beachtung schenken werden, aber nicht jetzt (normalerweise verschwinden sie, wenn sie diese »Versicherung« haben). Jetzt wollen Sie die äußerste Reinheit und Klarheit Ihres Bewußtseins anstreben, die Ihnen möglich ist, und um das zu erreichen, müssen Sie Ihre gewohnten Denkprozesse abschalten. Schließlich werden Sie spüren, daß Ihr Geist anfängt, sich zu klären.

12. In der Stille, die dann folgt, werfen Sie Ihre Frage, Ihr Problem, das, was Sie visualisieren wollen, oder was auch immer, auf. *Bitten* Sie. Bitten Sie so, wie Sie es für richtig halten. Ihr Stiller Meister hört Ihnen zu.

13. Entspannen Sie Ihren Geist, und entschließen Sie sich jetzt, alle Gedanken frei zu Ihnen fließen zu lassen. Diese Gedanken unterscheiden sich völlig von den lärmenden Gedanken, die Sie vielleicht am Anfang hatten. Diese Gedanken sind Botschaften, Antworten, die als Folge Ihrer Meditation in Ihr Bewußtsein fließen. Halten Sie sich an keinem von ihnen fest. Lassen Sie sie kommen und gehen, wie sie wollen. Schenken Sie ihnen Beachtung, aber zwingen Sie sich nicht, sie zu analysieren oder über sie nachzudenken. Sie können Sie später untersuchen, denn Ihr Bewußtsein ist für diese Aufgabe sehr gut ausgerüstet.

Wer bin ich?

Zu Beginn dieses Buches habe ich Sie gebeten, sich die Frage zu stellen: Wer bin ich?

Ich habe Ihnen die Lehren des Jung SuWon vermittelt, um Ihnen dabei behilflich zu sein, Ihr Bild von sich selbst zu erweitern.

Wenn Sie an diese Stelle gelangt sind, stehen Ihnen genügend Hilfsmittel zur Verfügung, um diese Frage noch einmal aufzuwerfen. Aber dieses Mal fordere ich Sie auf, diese Frage Ihrem Stillen Meister in einer Meditation zu stellen.

Wer ist befähigter, Ihnen zu sagen, wer Sie sind, als Ihr Wahres Selbst? Folglich ist die Frage, »Wer bin ich?«, wenn sie an Ihren Stillen Meister gerichtet ist, eine der einfachsten und gleichzeitig eine der tiefgreifendsten Meditationen, die Sie durchführen können. Sie bitten Ihr Wahres Selbst, Ihnen zu zeigen, daß es Sie ist.

Wenn Sie Stufe 12 der Meditationsanleitung erreicht haben, fragen Sie: »Wer bin ich?« Diese Frage stellt die ganze Meditation dar. Sie stellen die Frage mit Ihrem ganzen Gefühl, liebevoll und aufrichtig. Sie können die Frage mehrmals wiederholen, langsam und mit höchster Konzentration. Dann hören Sie zu ... Hören Sie zu, bis sich bei Ihnen das Wissen einstellt, daß Sie lang genug zugehört haben, auch wenn Sie glauben, noch keine Antwort erhalten zu haben. Sie haben sie erhalten, und sie wird sich auf vielfältige Weise zu manifestieren beginnen, vorausgesetzt, daß Sie die Meditation weiterhin wiederholen.

Wenn Sie fragen: »Wer bin *ich*?«, stellen Sie auf subtile Weise eigentlich zwei Fragen: »Wer bin ich, das Selbst, das ich kenne?« und »Wer ist das Ich des Stillen Meisters?« Natürlich bilden Sie eine Einheit, und diese Meditation hilft Ihnen dabei, dies zu realisieren (realisieren heißt »wirklich machen«).

Wer bin ich? Denken Sie daran, daß Sie im Grunde nach etwas unglaublich Einfachem fragen, etwas tiefgreifend Natürlichem, etwas, das so vertraut ist wie Ihr eigenes Sein und gleichzeitig so unendlich wie das Universum. Ihr Stiller Meister kennt diese Frage und weiß die Antwort. Und jetzt können auch Sie durch Ihre Meditation dieses Wissen erlangen und anfangen, Ihre Einheit mit Ihrem Stillen Meister zu realisieren, »wirklich zu machen«.

Bei dieser Meditation sind viele Wiederholungen und geduldiges Zuhören erforderlich. Das Verständnis, das sich aus ihr ergibt, stellt sich oft nicht sofort ein. Die wachsende Bewußtheit kann so subtil sein, daß Sie sie erst wahrnehmen, wenn Sie sie erlangt haben.

Aber diese Meditation kann voll freudiger Überraschungen sein. Zweifellos ist es eine Meditation, die Sie auf ihre eigene Weise und in ihrer eigenen Zeit erleuchtet. Aber stellen Sie sich das Ergebnis vor! Stellen Sie sich die Freude vor, die Sie Tag für Tag erleben werden bei dem wachsenden Verständnis dafür, wer Sie sind – wer Sie wirklich sind, und für die Kraft, die wirklich in Ihnen ist.

Es ist so einfach: Ihr Wahres Selbst wartet auf Ihre Erkenntnis. Wenn es sein muß, lassen Sie es so langsam kommen wie die Dämmerung.

Im Moment wissen Sie als Jung SuWon-Krieger folgendes: Sie sind eins mit der Lebenskraft des Universums.

Die Kraft, die Galaxien erschaffen hat, die riesige Flächen von Raum, Luft und Wasser – und Bewußtsein – geformt hat, ist die gleiche Kraft, die durch Sie hindurchfließt, Ihr Herz schlagen läßt und Ihnen Bewußtsein verleiht!

Und da diese Lebenskraft durch Sie hindurchfließt, sind Sie als individueller Fokus dieser Kraft schöpferisch zusammen mit ihr, mit diesem allumfassenden Bewußtsein, das nur Ideen kennt, die Ausdruck allumfassender Liebe sind!

Und mit dieser Liebe bringen Sie Frieden, Harmonie, Gleichgewicht, Freude, Schönheit, Erfüllung und Vollkommenheit zum Ausdruck. Und während Sie Ihr physisches Kleid tragen, nehmen Sie mit Ihren physischen Sinnesorganen wahr, was Sie ausdrücken, und erleben die Herausforderung und den Sieg dieser irdischen Schöpfungen.

Und Sie sagen: »Wir sind eins.«

Obwohl Sie wissen, daß Sie ein Teil dieser Schöpfung sind, wissen Sie auch, daß Sie getrennt von ihr existieren. Sie wissen, daß Sie die Sonne hinter der Sonne sind, daß Ihr Feuer ewig brennt hinter allem, was als Zeit bekannt ist, hinter allem, was als Ort bekannt ist, und hinter allem, was als dieses Universum bekannt ist.

Und Ihr Feuer ist unendliche Liebe, Gewahrsein, Wahrheit, Bewußtsein, und es spricht zu Ihnen und sagt:

»Bevor Du bist, bin Ich. Und Ich bin Du.«

NACHWORT

Ich biete Ihnen die Kunst des Jung SuWon an, weil ich weiß, daß sie Ihnen dabei helfen wird, die Gelassenheit, Liebe, Freiheit und Kraft zu finden, die Sie als Teil dieses Universums haben. Das ist es, was Sie sind. Es ist Ihr Geburtsrecht. Nehmen Sie es in Anspruch! Sie haben das Recht, all das zu sein, was Sie sind, Ihre Kraft zu kennen, alles auszudrücken und zu erschaffen, was Sie sich im Grunde Ihres Herzens wünschen.

Ich glaube an Ihre Schönheit, ich respektiere Ihren Lebensplan auf dieser Welt, und ich unterstütze Ihr wachsendes Bewußtsein davon, wer Sie in Wirklichkeit sind. Erfahren Sie die Freude und die Aufregung dabei, wenn Sie Ihr Leben erschaffen, und bei allem, was Sie erleben!

Großmeisterin Tae Yun Kim

DANKSAGUNG

Jeden Morgen danke ich Gott, der mir meinen Lebensplan gezeigt und mir einen neuen Tag geschenkt hat, um ihn zu verwirklichen. Und ich danke meinem Meister, daß er mich unterrichtet hat, daß er an mich geglaubt hat und daß er mir gezeigt hat, wie ich meine innere Stärke entfalten kann.

Mein besonderer Dank gilt Michael Meeks für all seine Unterstützung und Gary Warne, der mir half, die richtigen Worte zu finden, um mich klar und deutlich auszudrücken.

Schließlich möchte ich all den Kriegern danken, die die Jung SuWon Academy besucht haben und zur Zeit noch besuchen – insbesondere den Meistern und Lehrern Scott H. Salton, William H. Hewson, Michael B. Fell und Dave K. Pariseau – dafür, daß sie an meiner Seite standen und alle Hindernisse aus dem Weg geräumt haben. Ohne Eure Hilfe hätte nicht das erreicht werden können, was wir erreicht haben.

Ich danke Euch allen.
Großmeisterin Tae Yun Kim

ÜBER DIE AUTORIN

Großmeisterin Tae Yun Kim hat als erste Frau in Korea den Meistertitel in einem Kampfsport erworben. Im Alter von sieben Jahren begann sie, uralte traditionelle Methoden zur Steigerung der Ch'i-Energie in der Einsamkeit der Berge zu lernen.

Für Tae Yun Kim bedeutet das Lehren alles. Es ist ihr Leben. Im Alter von nun 45 Jahren widmet Großmeisterin Kim ihr Leben der Vermittlung ihrer Weisheit und ihrer Kraft, die sie im frühen Alter erworben hat. Sie unterrichtet in ihrer Schule in Kalifornien, führt Einzelgespräche in privaten Beratungssitzungen und kommentiert persönlich die Unterlagen und Aufzeichnungen ihrer Schüler.

Großmeisterin Kim trainiert Weltklasseathleten und hält Seminare für Manager in individuell zugeschnittenen Intensivprogrammen. Sie referiert zu den Themen Streßabbau, Motivation und Zielsetzung und demonstriert ihre Methoden in ganz Amerika. Darüber hinaus leitet sie regelmäßig Selbsterfahrungs-Wochenenden, bei denen die innere Flamme jener geschürt wird, die ihre Bewußtheit und Energie entfalten wollen.

Weitere Informationen über Jung SuWon-Programme, Hörkassetten und Videos erhalten Sie unter folgender Anschrift:

> Jung SuWon Academy
> 47000 Warm Springs Blvd.
> Suite 444
> Fremont, CA 94539
> Tel.: 001-(408)-263-54 25